陶人的青春在窯體兩側的窺孔閉合之間消逝，
一明一暗之瞬，將自己的生命蠟燭義無反顧地擲入……

壓力計上的指針慢慢歸零，
迴盪在四周強激火焰燃燒時的低沉聲響，
如一頭巨獸沉睡忽醒時的鼾聲驟然停止。

當窯火熄滅的那一刻，靜靜地站在窯門前，
雙手合十，感謝窯爐所忍受的煎熬，
感謝身體所承受的疲累。

一朵花順應著天道而運行，我們也該按照自己生命中的軌跡緩慢前進。

手作的價值應該是來自於用手做出機器無可替代的作品，
或體現作者獨特的美感與想法。

每個人都需要一個方法來與自己對話。
坐下來好好喝一泡茶，
一個人安靜地在茶湯中和自己相伴。

走在相同的田埂上，
從清晨到黃昏，
從初春到暮秋，
不一樣的是稻田的景色，
不變的是父子之間的感情。

透過對季節的細微觀察，
如一朵花開的過程、一片落葉飄落的軌跡，
讓已經麻痺的感知能力慢慢甦醒。

七號錐倒了

——一個百年窯火守護者的孤獨修行與溫情

林永勝

他的溫度——淺談林永勝《七號錐倒了》

財經節目主持人、作家 夏韻芬

很多人認識陶藝家林永勝，溫和謙遜、不慍不躁，性格有謙謙君子之風，作品純淨優雅，平易近人且豐盛。

我是先認識他本人才喜歡且欣賞他的作品。

我與他的相識始於吃，印象中他是一個吃貨，星級的料理他如數家珍，麵點小店一樣吸引他，在他的觀察中，每餐都是味蕾的享受；更多時候，他總是觀察出料理人的用心跟別出心裁。有一次，我跟他一起吃美食，餐後的甜點驚人得好吃，只是我忍不住叨絮：「鋪上金箔不免俗豔。」一旁的他用心拍照，然後把照片給我看：「其實這樣不會『黑嚕嚕』，反而有驚豔效果。」

我們會交換美食。有一天，他寄來燒餅，兒子說：「藝術家手好巧，會做陶土也會捏麵團，下次請他順便放到窯裡烤好再寄來。」他聽完之後哈哈大笑，其實這是菜市場阿媽的手藝，他學不來。吃貨不只是吃，而且重感情。

他還是一個碎唸的人，常常看他在臉書上抱怨「遠得要命的餐廳」又給他新的考驗，他常常忍不住說「顏色再淡一點、山再小一點」、「這樣簡單，不會自己做！」看似抱怨廢文，其實也表達他的陶瓷，做法並不像烤麵包，工序很繁瑣，有拉坏、黏貼、素燒再上釉，然後降溫，顏色要試過好幾次，運氣好就可以做到自己想要的作品，如果失敗或是不如預期，一切回到源頭，重新來過。

碎唸也是他嚴謹的結果。我曾經跟他提過早年在日本買過的柴燒陶藝，迷戀柴火灰燼在高溫下散裂的花紋，無法想像、令人期待的美麗，他卻嚴厲地認為一件不小心燒出來的作品，如果自己都不知道為什麼會有這樣的結果，即使再精采，也失去了創作的意義。

必須盛讚他是一位投資達人，因為他把價格跟價值詮釋到位，價格就是生產者有形及無形的成本以及加上想要的利潤；至於價值，他認為使用才能夠產生感情並延伸價值，讓我想到我訪問過的一位作家洪愛珠，她寫到：「妥善照顧的鐵鍋或比人長壽，不怕生別離。」一切器皿的價值都跟使用者有關，也因為使用者留下價值。

嚴格說來，他是半途出家，曾是西餐廳駐唱的學生民歌手，他小時候作文比賽得獎、他的照片拍得極有攝影眼，為了「南投陶」不顧家人反對，創立工作室，毅然決然投入陶藝創作。一路上走來不斷學習與自我要求，不斷打掉重練，他堅持到底，努力成為他想成為的自己，才有今日不凡成果。

文末也輪我碎唸，記得永勝跟我分享出書計劃的時候，欣喜愉悅地像個大男孩，我以出版前輩身分，提醒他一定要有企劃、大綱，日日筆耕。原本擔心他在烈火與美食間分身乏術，但是他如期出版，印證他一貫依循心裡的軌道向遙遠的目標前行。我很喜歡他散文式鋪成的陶藝與人生，期待更多人喜歡這個人、這本書。

窯內塵土，務必清掃

魚販作家　林楷倫

大家的童年裡，或多或少都做過陶藝，作品上釉燒成。我從來沒想過為什麼要花好幾天的時間去燒製，因為火很可怕不會是小孩去做，因為常人根本不知道燒陶是什麼樣的工作。一般人接觸的陶藝，頂多在捏製與選擇釉色，指導老師常會對捏製的創意提出想法，但他們都沒有說燒陶本身即是種精密的創作。

我與永勝老師認識在蕭淳元（元餐廳主廚）的中秋聚會，喝酒吃肉我與他聊著美食，聊著哪個廚師喜歡什麼，他摸自己的肚子說職業傷害。

這幾年永勝老師供應許多餐廳的碗盤，職業傷害應該是手腕呀或是腰有舊傷呀，怎麼會是肚子呢？

他是個愛吃、懂吃的人。喜好美食，對他而言有兩種含意，一個是理解廚師的創意與個性，另一個是怎樣的質感才相應於食物。食器的質感是觸覺，觸覺包含粗糙或光滑、沉重或輕盈；質感是視覺，是造型、是山是海；質感是溫度，持碗持盤的瞬間冷熱，嘴唇輕碰碗側的傳暖。這一切的質感，來自於經驗與自我要求。更重要的是永勝老師一定理解廚師與餐食的關鍵點，是人，餐食如人，而以人製陶。

這本書寫了許多永勝老師遇到的人，如瓦斯行的小張，探討工作的本質，又如茶藝課的老師與同學，探討茶與陶、人之間的關係。更引人入勝的是他說起與女兒菓菓的故事，透過對菓菓作品的討論，又回到做陶的原點在哪？如何保持個人風格亦對客戶有所交代，如何任性也可愛？這些對話過程讓人覺得做陶如同做人，我們必須不斷燒製自己成為完整的成品，同時，也得揉捏出自己還有童心的模樣。

我沒有跟永勝老師說過，他的食器有他的影子，也有他對這些餐廳的期許。那些食器是他的創作，設身處地為他人思想，同時保有自己的影子，透過燒的溫度，透過土的濕度，甚至是將手凹起緩緩整型一個碗一個盤。他不是個任性的藝術家，因為他很體貼，同時他也是個任性的藝術家，因為他會想像別人的世界，卻是貼切。

「只有把自己放在和別人相同的高度上，才能理解對方眼中所看到的世界。」(〈是誰成就了你〉)

從書中摘取這句話，再回到這本書與永勝這個人吧。人生的困境像是在窯內每日都會重複出現的塵土。「清掃他吧。」永勝老師如此說，畢竟人不知道何時會被塵土迷濛了眼前的路，畢竟塵土也會影響成果。從故事引導人生的道理，同時見到永勝老師如何看待這個人間。

最後我要說個小故事。某天永勝老師打給我，問我台灣有什麼貝類。我想說又要烤肉喔，我先問他要吃哪種，他說要紋路深刻。台灣蛤殼平滑，牡蠣又過度粗糙，我找了血蛤給他。

「這要幹什麼？這個要用烤的喔。」我叮嚀保鮮與煮的方法。

「做小小的盤。」他說。

他將血蛤的殼，壓印在陶上。他跟我說，某個主廚問台灣的貝類能否做食器？永勝老師不是以擬摹大型貝類來做盤，而是問我台灣的現狀有哪些能做的，他真誠直接地烙入食器之中，直球對決。

直球對決，失敗了又何妨，再丟幾顆變化球也行。

如今，這本書的溫錐倒了，文字做為食器，也能讓讀者感受溫潤厚實不躲避粗糙的質感，務必捧在手上，暖暖感受。

陶藝人生，溫故知新；廚藝人生，千錘百煉。
汝意百煉陶，化為繞指柔。

——Kai Ho 何順凱（米其林二星 Taïrroir 主廚）

我曾多次使用永勝老師的器皿，卻是第一次閱讀永勝老師的文筆。文筆蘊含了實用性與美觀之外，更多的情感、更深的哲思，直搗創作的靈魂。當一位創作者願意用書寫抒發自己，做為讀者的我們是多麼幸福。

——Liz 高琹雯（Taster 美食加創辦人）

多年記者工作養成急性子，但聽永勝老師說人生故事，心中各種毛躁似乎也被放進窯爐，一點一點轉化修煉。

——吳安琪（TVBS 主播）

與永勝老師相識是在多年前的「野臺繫」餐會，那時就對多款餐盤與杯具感到相當驚豔。疫情期間終於跟老師收了幾款餐具在家使用，更親身感受到了永勝老師作品的個性「溫潤、優雅、有故事」，而這樣的故事書寫成冊，實為一樁好事。

——吳則霖（二〇一九、二〇二〇年世界最佳咖啡館興波咖啡共同創辦人）

永勝是我眼中最有溫度的男人。透過他的作品，我總能看見四季的流轉，人情的通透，對美感的追求，不管是陶器還是散文，每一個瞬間都凝成了如釉斑斕的永恆。

——吳恩文（美食作家）

過去我在餐廳，捧著陶藝家林永勝的食器，品嚐美饌佳肴；如今捧讀他的新作，品味的是他的生命情懷。這二十六篇關於土、關於窯、關於爐火、關於茶的散文，也關乎親情、待人，與接物。暖心熱力遠超過攝氏一兩百五十度。

——李承宇（飲食評論人）

二〇一七年因為野臺繫跟永勝老師認識，永勝老師一直是整個野臺繫，相當重要的要角。我想老師所製作的碗盤，已經是台灣有目共睹的作品，但是，永勝老師在我心目中，不單單只是製作出chef心目中的盛器，他所給予大家的溫暖，就彷彿他的作品一樣，一樣把大家所製作的料理，捧著抱著。那股溫暖至今還是無法忘懷，也無曾消退。

——李豫（蜷尾家創辦人）

也許是因為大半輩子都在窯前耐心地等待七號溫鉎倒下，永勝老師在書中說故事的節奏，讓人有種午夜時分聽著德布西《月光》的平靜跟踏實感。本以為他會寫一本關於陶藝的專業書，沒想到是一本透過工作中真實的體驗，像日記般記錄燒陶的人生所悟出如詩歌般的人生哲學。也許是因為年紀相仿，都到了中年，工作上也跟老師一樣，需要經歷許多漫長的等待跟大自然的不確定性，很多老師所感受的「價值」都讓我心有戚戚焉。

其中我特別喜歡在日本寺廟中射箭的「殘心」哲學。那種雖然沒有命中目標，卻能放下焦慮，平靜地反省與思考接下來如何可以更好的心；也特別喜歡那個每年都為了能讓荷花荷葉盛開，而認真清理水缸跟汙泥的老師。世間很多事真的不能覺得理所當然，美好的事跟人都隱藏著稍不留意就會不存在的危機，需要我們好好細心地呵護。

看完了書，更能理解他的陶藝作品為何讓人有種恬靜的優雅。晚上炒了一盤春季的酸菜蠶豆，拿出他一個窯變後像荷葉的盤子來盛裝，感受了春天晚上生活簡單的「美」。

老師愛泡茶，看完這本書覺得他現在正是壺好茶泡到了第三泡，充滿獨特的香氣、溫暖跟厚度。真心很期待未來能繼續品嚐老師的文字與陶藝作品。

——何奕佳（永豐餘生技總經理）

擅長在生活中找到細膩的情感，成為作品裡的養分，用作品說他的人生故事，而此刻的老師已是書中這支用來探測溫度的七號溫錐，當完美弧線及溫度均已來到，就令人期待開窯那些叮噹響亮的聲音，能成為他的擺渡人我與有榮焉。

——「林太做什麼」陳郁菁（美食作家）

他的陶碗，有一種吻手的溫潤，沒想到他的文字也如水一般，潺潺流動之間，抒情的故事波光粼粼。

——許心怡（愛飯團團長）

我記得我們第一次拜訪老師的時候，聊了很久，也很多，但都不是聊陶藝，而是我們彼此的經歷。有感性、有溫度、有感恩、有堅持、有夢想！到現在我還一直放在心上，革命情感的奮鬥。

——彭天恩（AKAME 創辦人）

我喜歡在深夜裡，用永勝老師的酒甌享受威士忌，沒想到配上老師韻味綿長的文字，更是下酒！想必是因為器皿與筆墨都注入了生命的細觀，方能詮釋意匠「器以載道；文以托心」的雋永入勝。

——**馮宇（IF OFFICE 創辦人）**

只要有永勝老師在座，一定少不了開朗的笑聲，言談中又蘊含著對生活的正面啓發，每回碰面總是心情愉快，收穫滿滿。知道永勝老師出書了，超級想看！

——**鄧泰華（斐瑟創辦人）**

陶藝家和廚師是一樣的，用著匠人的青春燃燒成爐火只為淬煉出心中所求吧！也許就是因為這樣的相似，我和永勝老師才能成為家人，運用各自的所長，成就對方的理想。

——**蕭淳元（元餐廳主理人）**

早期我曾經拜訪過不少的陶藝家，想的是希望陶藝家們為餐廳設計餐盤，但都遭到拒絕，也就是說對方製作什麼樣子的器皿，我們有合乎需求的就直接購買，沒有客製化這回事。直到遇見永勝老師，我對客製化餐盤的念頭又燃起了希望。永勝老師是非常溫暖的陶藝家，並且願意傾聽他人的意見，幫台灣許多廚師製作適合餐廳風格的器皿，也開啟陶藝家與廚師的合作風潮。

——簡天才（THOMAS CHIEN RESTAURANT廚藝總監）

永勝老師讓器物不只是用途而已，而是透過不斷地運用傳遞情感和溫度，讓器物不只是器物，而是使用者的回憶和連結。

——魏幸怡（飛花落院主理人）

（按姓名筆畫排序）

你的七號錐什麼時候倒？

溫錐，是燒窯時除了測溫棒以外，另一種測知窯溫的方式。測溫棒所能接收和傳達的只是窯內的溫度，而測溫錐則是與其他作品一起經歷熊熊烈火的淬鍊，在相同的升溫曲線下蓄積著相同的熱能，因此透過溫錐的變化，可以更真實地觀察坏體與釉色的狀態。

就像人生，因為無法經歷與他人相同的生命歷程，僅憑表面上一切所聞所見來判斷，只是極為膚淺的猜測與假想，並非真實，也無法感同身受。所謂的真實，其實也只是在觀察到的短暫片刻，並非恆久不變的永恆，覺察的當下便已是過往。如《金剛經》中的偈子：「一切有為法，如夢幻泡影，如露亦如電，應作如是觀。」一個念頭的閃變，故事的發展便走向了不同的終點。

每一支不同代號的歐頓溫錐，都代表不同的燒成溫度，當七號溫錐倒地點頭之時，窯溫便達到預定的一千兩百五十度，也代表燒窯階段的完成。關上瓦斯閥門，當窯火熄滅的那一刻，靜靜地站在窯門前，雙手合十，感謝窯爐所忍受的煎熬，也感謝身體所承受的疲累。

七號錐倒了，象徵一個工作階段的結束，也是每一件器物即將發展出一段獨特故事的開始。

在燒窯完成與下一個工作銜接之間休息的片刻，我喜歡閱讀、喜歡寫作，更喜歡觀察與收集做陶生活的點點滴滴與朋友們分享。工作室那張茶桌，就像許多人生故事的交換平台，承載著你我他的悲喜，有開懷的歡笑，也有悲傷悵然的眼淚。

做陶的二十幾年來，不論是教學或器物的交流，或是在每一次旅途中，所遇到的人、事、物，總帶來許多的感動與啟發。偶爾也會將這些感動分享到臉書上，有人說：「做為一個器物的作家，臉書上應該多放作品就好，不要寫一些有的沒的。」但是對我來說，不論是做陶、拍照或書寫，都不是以賺錢為主要的目的；更多的是希望透過這些事情，為生活留下紀錄或將自己的感動分享給更多的人。

生活中，從來不缺乏各種的美好與令人感動的事物；但是生活中的壓力與繁忙的節奏，使我們逐漸失去了對愛的感受及欣賞美的能力。在各種環境下努力地求生存，卻忘記要安靜片刻來感受生活。拚命追逐物質與財富的積累，只在乎或計算著自己又得到了哪些夢想中的追求，卻不曾留意在我們努力追夢的同時，生命中也悄無聲息地失去了那些更寶貴、更值得珍惜的一切。

以為，獲得愈多就可以愈快樂；卻有一句歌詞是這麼唱的：「輸了你，贏了世界又如何？」失去以後會發現，原來追求並不會讓我們更快樂；獲得的快樂是短暫的，但有些失去卻可能讓我們永遠都不快樂。就像叔本華曾說，欲望在滿足之前是痛苦，在滿足之後是無聊。如此反覆地追趕過程，痛苦與快樂輪轉，猶如蛋生雞或是雞生蛋這般難解的存在。生命的進程是一連串不斷的轉彎，快樂的定義取決於我們的選擇。

小時候在冬天上學的途中，我會因為路旁稻梗上的霜而停下腳踏車，把書包丟一旁，玩到上課鐘響了才進到教室。當然免不了老師的責罵和處罰，但是那短暫的玩耍足以讓我開心地度過一整天，所以我還是願意拿一節課的罰站來換取一整天的快樂。整個冬天只要路邊有霜，我幾乎就沒準時進過校門。

在師長的眼中，像我這樣的孩子是令人頭痛的。但也或許因為在成長的過程中父母給我很大的自由和空間，讓我有機會用自己的節奏去觀看這個豐富的世界，慢慢地感受那些生活中細微的感動。

這些年不斷和身邊的朋友分享生活中的故事和自己的感動，常有朋友說：「你應該出一本書。」在我內心深處也的確藏著出版著作的夢，卻未曾想真的會有實現的一天。

有鹿文化是我非常喜歡的出版社，到有鹿文化面談的那一天，內心澎湃的情緒，那股雀躍和不可置信的心情，就像當年在產房外等待女兒出生的那刻一樣，欣喜激動難忍。每晚在工作後堅持到深夜的寫作過程，都是一次觀照自己內心情感、回憶的發掘與療癒。

瓦斯窯裡的溫錐，忍受著窯裡的溫度，在不堪承受的時候而傾倒。當七號錐倒的時候，我會停下腳步看看周圍的世界——

你的溫錐呢？什麼時候倒？什麼時候可以停下腳步來感受一下最簡單的美好？或許就是現在，好好地感受一下你心裡溫錐的角度，不要等它承受不住了，才知道要停下心裡那無止境向前追求的火。

這本書，記錄的是我多年來在做陶生活中的各種感動，野人獻曝般在冬日的暖陽下想要跟大家分享的一絲絲溫暖。一件器物的完成不在出窯的那一刻，而在它盛滿了與使用者交融的情感之後；一本書的完成也不在出版的時候，而在這些文字或許能夠帶給你些微感動的時刻。

感謝你的閱讀讓這本書完整，謝謝有鹿文化讓我圓夢，謝謝最可愛的編輯彥如在成書的過程中對我的種種鼓勵和協助。更要感謝，陳惠珠老師當年的鼓勵讓我愛上閱讀。

目次

②——坏中的情懷

因陶而遇的那些人

③——火上的心性

由做陶而生的感悟

① 土裡的況味

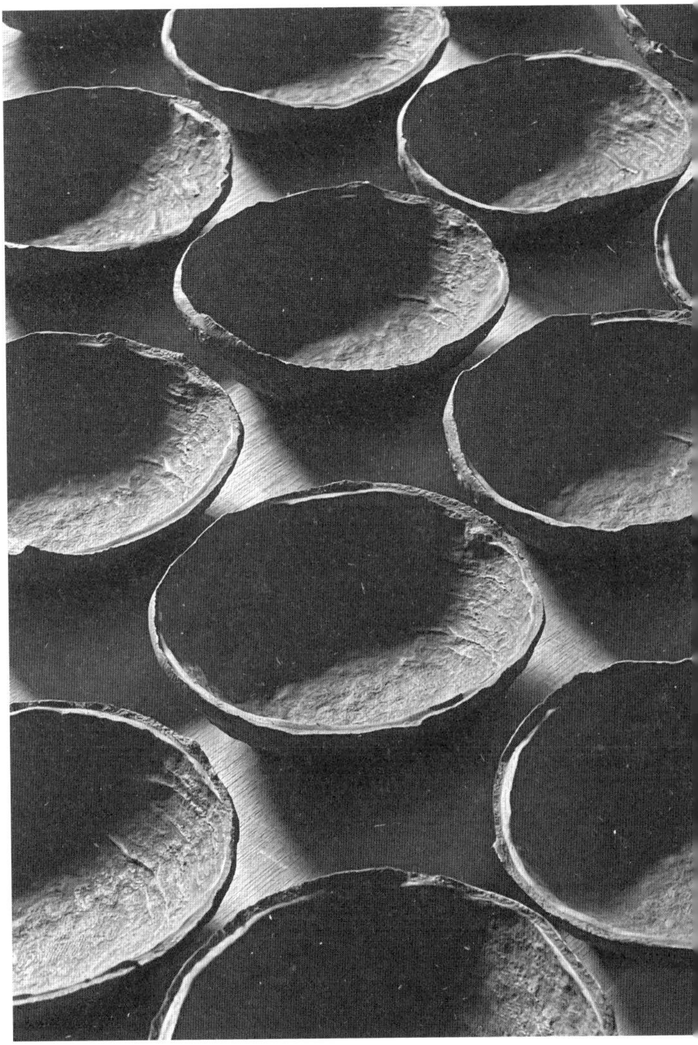

那些關於器物的事

在生活中常常聽到「溫度」這個詞，而且被廣泛地應用在各種場合之中。

例如，做一個有溫度的人、創造一個有溫度的空間、這是一道有溫度的料理，或這是一本有溫度的書。

但是，「溫度」究竟從何而來？沒有溫度的人還能活嗎？有溫度的空間指的是暖氣房還是冷氣房？而有溫度的料理或書籍、器物等又該如何解釋？

通常當一個名詞不斷被廣泛地使用，而形成一種幾近「共識」的情況下，這個名詞的本意和內涵卻也往往容易被曲解或遺忘。

星期三最有溫度

在一次廣播節目中，主持人問我：

「你覺得什麼樣的器物最有溫度？」

「星期三的器物最有溫度。」

「為什麼是星期三？」

「因為，星期三出窯。」

主持人愣了一下，緊接著大笑。

當然，我知道她所指的並不是體感的溫度，而是更深層的意涵。

或許用「溫暖」一詞來取代「溫度」會更為貼切。

「溫度」是消耗某種物質或能量之後所產生的變化；而「溫暖」卻是一

個讓人舒心的情緒或感受。

一次日本的旅行，在岐阜縣一家小小的蕎麥麵店裡，吃到一碗非常好吃的蕎麥麵。我抬頭問廚房裡低頭煮麵的婆婆：

「這麵怎麼可以煮得這麼好吃呀？」

「心だよ。」婆婆微笑地拍拍胸口說。

那一刻，我感覺到一股暖流從頭頂流淌到心底。

是心，是因為用心！

我們也可以知道，婆婆所說的「心」指的也並非心臟，而是那份「心意」。

也正是一份真誠的心意，才能創造出令人感到溫暖的事物。

一群孩子的訂製禮物

千秋陶坊成立之初，一方面對陶藝市場尚感陌生，一方面仍在摸索自我發展的方向，到幾所國小進行陶藝教學，成為我最主要的工作內容。在一次課堂結束後，當我整理收拾學生的作品時，有兩個小女孩走到講台前，互相推托著要彼此向我開口表達。

其中一個小女孩說：

「林老師，我們老師教完我們這個學期，就要去美國了，我們班想要送老師一件作品，所以每個同學都出十塊錢，可不可以請你幫我們做一件作品送給我們老師？」

面對孩子如此天真的笑容和舉動，實在令人無法拒絕。

然後，兩個小女孩開心地將她們手上的零錢全部交到我的手上。

開車回工作室的途中，我立刻為如此輕率的承諾感到懊惱。在工作室，來訪的朋友似乎察覺了我的心事。

「怎麼覺得你今天泡茶都不專心，在想什麼事嗎？」朋友關心。

轉述了剛才學校發生的事，卻引來朋友一陣大笑。

「你少賺一次有什麼關係？反正你這裡作品這麼多，隨便拿一件去，包裝漂亮一點就好了……」

但其實令我懊惱的，並不是孩子們給的錢少，而是我該做一個什麼樣的器物，才能盛裝和傳達那群孩子的心意？

晚間，在電視上看到媽祖遶境祈福的畫面。突然想起，在資訊及交通不便的傳統農業社會，當有親人遠行，家中長輩或親友會準備一把門前的土和神明廳裡的香灰，讓親人帶在身上啟程。故鄉的土是讓異鄉的遊子在抵達目的地之後，不至於水土不服；而香灰，則象徵著祖先的庇佑及家人的期盼。想到這裡，我決定用南投的土和廟裡的香灰，製作一個香灰釉茶碗當作禮物。

以香灰做成釉藥的原料，是一個極其繁複的過程。從香爐裡取出的香灰屬於鹼性物質，需經過數十次不斷淘洗和反覆實驗，才能拿來做為釉藥使用。終於，趕在學期結束前將茶碗做好。我又請朋友幫忙縫製了一個布包，裝好後送到學校去。

原本只打算交給孩子們自行贈送，碰巧老師也在教室裡，便對老師說明了孩子們的心意和茶碗製作的過程、象徵的意義。於是紅著眼眶的老師，和一群不捨的孩子就這樣團抱在教室裡哭了起來。

小小器物帶來的力量

幾年後的一個傍晚，工作室前來了一輛白色的轎車，走下車的正是那位當初為她做碗的陳老師。

「好久不見了！不是去美國了嗎？我剛好拿到一泡好茶，坐下來喝茶吧！」

「好呀！不過我要用我最寶貝的這個碗喝。」說著便從包裡取出那個小小的茶碗。

我看了一下她手上的那個碗，正是我之前為她燒製的茶碗。但碗口上卻多了一個小小的缺口。

「不是最寶貝的茶碗？怎麼還讓它受傷呀！你一定沒有小心使用。」我開玩笑地說。

沉默了一下之後，她說：「林老師，其實我今天就是為了這個碗，專程來謝謝你的！

「剛到美國的時候，有很多的不習慣，也會很想家。好幾次都想放棄，也跟家人分享了我想回來的想法。有一天突然很想喝茶，就拿出這個茶碗，放了一些茶葉，沖上熱水，靜靜地思考接下來到底該怎麼走才好？

「你知道嗎？當我要拿起這個碗喝茶的時候，我好像突然聽到教室裡那群小朋友對我說：『老師加油！你要加油喔！』我猛然覺得，如果我就這麼回來了，我該怎麼面對這一群為我加油的小朋友呢？於是，我決定再給自己一次機會，好好地留下來學習。此後的時間裡，這個碗也成了我生活中最好的陪伴，當我心情低落的時候就會用它來喝茶。透過碗就會想起那些小朋友和家人的期待和鼓勵，感覺又可以獲得滿滿的能量。」

聽完陳老師的分享，我感動莫名，從來沒有想過，一件小小的器物也能為人帶來溫暖和能量。

有缺口才有故事進來

「那你這麼喜歡的碗怎麼會受傷了呢？」

「喔！就是因為它受傷了，我才更知道它的重要性！

「有一天晚上，我在一群朋友的聚會上喝了一點酒，半夜才回到家裡；隔天起床晚了，趕著出門不小心撞到用布包著的茶碗，我當下不敢打開查看，便匆匆出門了。但是一整天都心神不寧的。

「當天回到家後，我小心地拿起布包，慢慢地打開——它已經被我撞壞了一個角。我滿心懊惱，自己怎麼會這麼粗心把它撞壞了呢？當下我急得都快哭了。後來每當我看著這個小小的缺口，想到的卻是那晚開心的聚會，突然之間，它不再是一個傷口，而是一個美好記憶的刻印。久而久之，當我看到這個碗，想到的不只是那群可愛的小朋友給我在異鄉念書的鼓勵，還交織著那個開心的夜晚。」

說完，她端起碗喝了一口茶，露出了開心的笑容。

離開前，陳老師說：「這次回來台灣是準備結婚的事情，結婚後再回台灣的時間不知道是什麼時候了。不過透過這個碗，我又會回想起這一泡好茶的滋味，和這個美好的下午。真的謝謝林老師的碗，回美國後我會繼續帶著它記錄我的生活。」

看著她離去的身影，我回到茶桌前又沖了一壺茶，品味著已淡而無味的茶湯，望著整間工作室的器物，全部思緒都停留在她剛才的那一番話。

心意是感動的源頭

關於做陶，長久以來想著的只是如何讓器皿能夠為使用者帶來更多生活的便利，從來沒有思考過器物其實也存在更多的可能：它不單只是用來提供方便的生活，更像是一個情感的隨身碟，隨時用來記錄我們日常的點點滴滴。

就如日本民藝運動的發起者柳宗悅所說的，「器物之美在於用」，器物的美好唯有透過使用才能真正的體會。而器物內在所蘊涵的那份心意，也才是真正讓人感到溫暖的源頭。不論是製作器物的職人，或器物的使用者，也唯有「用心」才能真正體現和感受器物的美好。因此，毋須追求難得或高貴的器物，「心意」才是真正讓人感動的源頭與價值的所在。

當我們在日常生活中，能夠細心察覺每件器物所帶來的不同感受，也才能慢慢察覺到生活中其他事物的不同。可以聽到窗邊的鳥叫、看到那隨風揚起的落葉、透過樹枝照在牆角的光影，細心感受到四季微妙的變化。**一件器物在生活中的功用絕不僅是盛裝物品；更是承載感情，記錄生活和豐富我們的生命。**

消失的美好

說起南投，大家印象中第一個想到的是日月潭、清境農場、溪頭、杉林溪或者茶葉？

做為一個土生土長的南投人，對於這片土地的認識似乎也不夠深刻。

最近在一次有關百年南投的採訪中，記者對我提問道：

「請問您對南投市最熟悉的街道是哪條？最常去什麼樣的店？最常吃什麼樣的食物？」

面對這一連串的問題，我竟然一時語塞。或許正因為對於這些日常之中的一切過於熟悉，許多細節便視而不見、聽而不聞了。突然從心底對這再熟悉不過的地方，產生了一股陌生感。就像長時間注視著鏡子裡的自己，也會猛然覺得眼前的五官竟也有些陌生。

訪談結束的次日清晨，我一如既往地坐在茶桌前，為自己選一泡茶、投入茶碗中，注入熱水。陽光透過樹影照射在茶碗上，看著緩緩升起的茶煙、在熱水中逐漸舒展的茶葉，思考著該如何安排今日的工作行程，也省思這二十幾年來自己每天努力工作的意義：該如何延續從老師傳手上傳承的感動？

順著升起的茶煙，思緒突然跌進回憶漩渦裡，回到了和陶偶然相遇的起點。

畢業後等待服兵役的期間，我來到一家陶瓷工作室上班。第一次完整地見識到粗糙的土塊如何變成一件器物的有趣過程。原以為只是填充生命中短暫空檔的做陶體驗，退伍後、幾經職業摸索，發現自己仍是對做陶最感興趣，便又回到陶瓷工廠上班。也就是在那裡遇見了我的拉坏師傅，進而開啟了我做陶的契機。

在颱風夜做陶

還記得那是一個颱風夜，看著電視上的氣象預報，颱風的外圍環流逐漸靠近台灣；趁著風雨未到，趕緊騎上機車趕向曾樹枝老師的教室。一進教室，卻發現只有老師在客廳裡看著電視。老師靦腆地笑著對著我說：「啊！颱風要來了，已經通知大家今晚停課，結果忘了通知你……」「喔！沒關係，那我先回去了！」走出老師家，外面已經開始起風，也飄起雨來。

老師望著門外逐漸增強的雨勢說道：「既然都來了！外面也在下雨，不然就先練習，等風雨小一點再回家好了。」

這一晚，教室裡只有我和曾老師。

從牆角搬出前一晚已經做好的底座，掀起上方覆蓋的塑膠布，在口緣上用布浸水沾濕。按照老師指導拿起一塊土，搓成泥條，將泥條的尾段掛在手肘上，利用雙手反向的擠壓，跟隨老師的節奏，在坏體上熟練地盤起一圈又一圈的土條。

老師說：「還好你還願意學，早期就只有我們南投的師傅才會這樣的工法；不僅成型速度快，失敗率也低。所以南投的做陶師傅出師在外都很受歡迎。

「我的阿公做陶，我阿爸也是！到我已經第三代了。不過我們家也只有一個兒子願意學，前幾年發生了一點小意外，現在也沒辦法再做。如果你們這一輩再沒有人學，哪天我走了，這個技術也就斷了……

「以前學手藝不像現在，早期的學徒都要幫師傅腳踢轆轤，時常是一不小心就踢掀腳趾甲，在盤面上留下一條紅色的血跡印記。受傷不但沒沒有安慰，還得再挨師傅一頓罵。想多學技藝，也只能趁師傅休息的空檔，自己踢自己練習；慢慢地從學徒爬到做小物件的二師，再慢慢成為可以獨立完成大件作品的頭師……」

南投陶鮮活的歷史

隨著土條慢慢地堆高，作品也開始收口，老師接過我手中的土條叮囑道：

「這個地方就不能再堆高了，要往內收，而且一定要收平均。因為這裡是待會兒上機器要收圓的關鍵，現在沒有做好，後面就很難收拾了……

「以前有好幾個學徒就是這個地方一直做不好，常被師傅破口大罵，心有不甘、萌生退意，所以就趁著幫師傅搬水缸的時候，故意用力把水缸翻倒在師傅身上，然後拔腿就跑，留下跌坐在地咆哮不止的師傅，一溜煙地跑回家去了！」

老師幫忙接好口緣後，我們一起將大缸的坏體抬到拉坏機上，老師笑著說：

「就是這個時候，喊『一、二、三』起身，那些調皮的學徒就一把將缸給翻了！」

坏體上了拉坏機，以極緩慢的速度在拉坏機上旋轉著。老師拿起一塊沾滿了水的布，在水缸中間快速甩動，使水滴透過離心力均勻地灑在坏體的內部。

「坏體的濕度很重要，加多少水要看坏體的大小和土的軟硬……」老師叮嚀著，又接續說起往事。「以前在窯廠工作的時候，最怕西北雨，如果來不及收坏，那一整個禮拜都做白工。說到這個，你知道嗎？以前的師傅都穿著褲口很寬的布袋褲躺在廊下的板凳上睡午覺；有些很皮的小學徒會用麻繩，一頭繫在師傅腳上的大拇指、一頭偷偷用一個繩結穿到師傅的褲襠裡，然後跑到廣場上大喊，下雨了！下雨了！

「師傅急著從板凳上下來收坏，腳一蹬，麻繩從腳底勾拉褲襠，於是整個人彎曲成球似地蹲在地上爬不起來……」說完，老師露出一臉燦爛的笑容。

「這個地方要拿著海綿，手掌微彎，用手掌內側小指的地方，從交接處慢慢把土抓勻。」老師示範如何抓穩口緣之後，把海綿交到我手上。

「以前交通很不方便，像這樣的大水缸，販子們只能用扁擔挑著去賣。遠如中寮一帶，也只能仰賴人力慢慢徒步挑進去。通常一次買兩個就會算便宜一點，因為如果只買一個，另一邊就得綁上木頭才能維持平衡……」

我用手慢慢地把坏體的厚度抓勻，師傅遞過一塊原型的木頭：「這個叫大箭。只有老師傅會用，現在那些學校的老師，根本不會用這些傳統的工具……大箭走過一次以後，上面的泥漿要先刮乾淨，等一下再做的時候，坏體才不會跳。」

「你知道嗎？我們南投的土就是好，黏性高，顏色又好看，有紅的、黑的甚至也有帶綠色的土，只要簡單掛個釉，燒出來就很漂亮了！現在南北通附近的那片稻田，以前收割後，窯廠就會僱請工人將表面乾土先挖掉，再將底下的黏土掘出來做陶，同時也把今年做壞掉的破片全部埋填回去……」

隨著水缸逐漸成型，老師接過我手上的大箭，用邊角的地方在水缸的口緣下方壓出一條完美的斜口線條。「以前如果可以自己完成這樣一個缸，就可以當上頭師了。陶瓷生意最好的時候，哪怕做缸速度慢一點，能做出如此水缸的師傅還是很多窯廠都搶著要。」老師接續講著往昔的回憶。

「以前的窯廠可熱鬧了，吃飯時間到就開好幾桌，大家一邊吃飯一邊聊各種生活中的瑣事，誰家裡發生什麼大小事，都嘛清清楚楚。」

話音剛落，一個大水缸的粗坏也大抵完成。

師傅說：「好了，把它抬下來，等過兩天，坯體稍乾的時候，再來拍印模。現在很軟，搬的時候力道要很平均，小心拿起來，否則晃到的話水缸就會變形了。來！一、二、三！」我和老師一起搬起水缸，臉上同時都露出微笑。

颱風這一夜，接著又做了一只大梅瓶。每個步驟講解的過程，也會聽到一則老師年輕時在窯廠的趣事或回憶。

對老師而言，這只是他年輕時的過往；卻是我所居住這塊土地上的記憶，也是一段鮮活的南投陶歷史軌跡。在這個地方生活了這麼久，若不是因為這一晚的學習，不會知道原來在這裡曾經有如此興盛的製陶工藝。

了解腳下這方土

騎著機車、淋著雨回程的路上，腦海裡不斷浮現老師剛說過的趣事。

「如果你們這一輩不學，哪天我走了，這個技藝就都斷了！」老師這句感嘆，怎麼也揮之不去。

倘若過往的記憶慢慢消失，那些手作的技藝逐漸失傳，地方便會一點一滴地失去厚度和溫度；於此生活的人們，也就再無法感受自己家鄉與其他城市的不同與驕傲。在每一個角落都有珍貴的情感和回憶，而我們是否能夠察覺和珍惜，決定了這片土地的美好是否能永久的延續。

一次日本旅遊和朋友對飲時，曾詢問京都友人：「藝伎的存在對你們來說有著什麼樣的意義？」

友人回答道：「藝伎的存在並不只是歷史的殘跡或單純的娛樂；要知道，在她們身上背負的是許多工藝的傳續。藝伎的衣服、假髮、髮飾、鞋子，乃至一把小小的梳子，背後都訴說著一個個傳統工藝職人的心意。如果有一天藝伎消失了，那些職人們的存續也將面臨消失的危機。」

相同的，一種工藝的存續也絕對不單只是一項手藝的傳承問題。

「南投陶」從西元一七九六年開展，至今已走過兩百餘年。在經濟的快速發展和歷經了九二一地震、國道三號的開發之後，過往的繁盛與遺跡已幾乎消失殆盡。剩下的只有老師傅傳承下來的手藝和他們印象中的故事。

這些老師傅口中的小事，看似只是一些平凡的生活點滴，但它們卻是一群人在這塊土地上生活的足跡。就像這片土地血液裡的一顆顆血球，如果一點一點地流失，這塊土地就會一步一步失溫，終將冰冷。

當我們對這片土地的認識愈少，認同度與光榮感便也會趨減。**或許我們應該多了解自己居住的地方，讓那些不經意的情感和回憶，繼續溫暖我們所居住的土地。**

不負責任的工作

小張是瓦斯行的送貨員，第一次送瓦斯來的時候，給了我他的手機號碼：「你用量很大耶，以後直接打我手機就好，這樣比較快。」

把瓦斯的錢交到小張手上的時候，看見他因為長年搬運瓦斯桶而滿布著厚繭的雙手，那繭厚得像在手掌上貼著一塊塊透明的壓克力板似的，手掌和指頭的交界處及掌紋都形成一道道深淺不一的傷口。

「這很痛吧？你怎麼不戴手套？」

熄掉車子的引擎，小張從口袋的菸盒拿出一根菸遞到我眼前：「有抽嗎？」

「沒有，謝謝。」

「我也會戴手套啊，但是很快就破了。」小張順手拿起放在副駕駛座上骯髒、破洞的手套。「因為我都留電話給客戶，所以每天早上送完小孩上課，在公司規定的上班時間開始前就在送桶了。我是公司的月冠軍、年冠軍，沒有人能追得上我的紀錄。每天這樣搬桶，長繭難免啦，這個繭用刀子削一削、再磨一下就好，痛忍一下就過去了啦。」

工作室搬遷到新址的八年裡，只聽小張休過兩天的假，但實際也只有一次是他真正的休假；另一次打完電話後，小張還是送來了瓦斯。因為他說瓦斯車在家，怕同事會來不及幫我送來。

小張說：「因為我不想讓人看不起，簡單說就是不喜歡輸的感覺。所以能多跑我就多跑，一個月休一天。我老婆最近的工作可能會被調成臨時人員。我跟她說，沒關係，我多賺一點，你只要有個工作做，不無聊就好。」

「這個工作這麼辛苦，沒想過要換工作嗎？」

「其實我也曾經是工廠裡帶領兩百個員工的小主管。工廠搬去大陸後，我也做過很多工作，但是沒有一個工作能有現在這樣的收入。沒有什麼工作是輕鬆的，對我來說賺錢養家才是我最應該做的事。」

看著小張開車離去的畫面，想起了二十幾年前的自己。

不負責任的工作

工作室在父親因擔心而反對下成立了，初期，我曾天真地期勉自己當一個優秀的陶藝家，努力地做著一些成型難度高，卻不知所以的「作品」。還為自己的將來訂下了三個目標：要很有錢、要很有名、還要買一棟很漂亮的房子。也經常在工作之餘和朋友聊起自己的夢想。

一天，和一個做包裝的朋友聊起這個話題，他看了看工作室的作品對我說：「我覺得你現在做的是很『不負責任的工作』。」

我聽完之後，突然感到一陣錯愕，這還是第一次有朋友如此直接地反駁我的夢想。

朋友喝了一口茶接著說：「我是學美工的，也很喜歡陶藝，但是我知道靠做陶來養家是很辛苦的，所以我才會選擇來做包裝。你說的那些理想要多久才能實現？你如何證明你有這樣的能力？如果沒有一個明確的期限或保證，憑什麼要你的家人們拿可知的現在去賭你一個不知能否成功的未來？」

聽完朋友的一番話，我愣了一下。朋友似乎說得很有道理，卻覺得我還是應該堅持自己的理想一路走到底。

晚上，另一位醫師朋友來訪，我和他聊起了上午朋友所說的話，並把自己努力的過程和夢想又訴說了一遍。

醫師朋友笑著說：「我認同你的夢想，不過你的『很有名』是多有名？

你的『很多錢』是多少錢？你認為的『漂亮房子』又是什麼樣的房子？」

面對朋友的問題，我居然答不出來。

在資訊及自媒體發達的時代，如果只是想要讓大家認識，除了做陶應該還有更好的方法。而一個人要擁有多少錢才能夠放下工作，用心地感受生活？更何況，光靠做陶這件事也根本不可能實現財富上的自由。所謂漂亮的房子，到底是什麼樣的房子？自己根本也毫無頭緒。

沒有方向的航行是原地打轉

當下才發現，其實自己只是訂了一個沒有明確方向的目標而瞎忙著，感覺自己不斷前進的同時，其實並沒有意識到自己就像一艘在海上漂流而沒有確定航向的船舶，不斷在原地打轉而已。

每個人都有自己喜歡做的事情，都有自己想要去努力實現的夢想。就像在國小的時候，幾乎每個人都一定寫過名為「我的志願」的作文。小時候的我們對未來充滿著希望也懷抱著滿腔的熱血，想當總統、想當科學家、想當救人性命的醫生或保衛人民的英雄……但隨著年紀愈來愈大，逐漸看清了生活的殘酷之後，我們的夢想卻愈來愈小了。

這並不是因為我們變得不勇敢了，而是我們肩上的責任更重了。慢慢地明白，我們需要考慮的不是我想做什麼，而是我該做什麼。也漸漸明白，沒有任何一個人有權力去要求其他人犧牲自己來支持個人的夢想。

九二一夢碎重生

和朋友聊完的一週之後，九二一大地震摧毀了工作室架上的所有作品。面對著眼前的斷垣殘壁，持續不斷的餘震中，我們在田野邊用車棚搭起帳篷，深夜裡就著營火，父親聊起了他年輕時的夢想，聊起他為了支撐著這個家所做的改變和奮鬥過程的艱辛。父親在淚光中帶著笑說：「再怎麼辛苦，只要我們一家人平安就好。」

聽完父親的話，再看看眼前的家人。突然真正明白為什麼朋友說我的工作是很「不負責任」的，也覺得自己似乎真的需要做些改變。

在之後的日子裡，我不再做著那個虛無飄渺的藝術家夢，明白了所謂的藝術也並非一蹴可幾，而是需要更深廣的修習和累積。放棄做那些只為炫技卻連自己都不知所謂的作品，開始了在學校裡的陶藝教學課程，做起那些更貼近生活、購買意願也較高的生活器皿。有朋友開玩笑地說：「這些生活陶不是一個陶藝家該做的東西，花費時間用手做這些東西太廉價，應該多做點藝術品才能賣得更好的價格。」

或許再年輕個三十歲，我也會認同這樣的說法。但是**所謂的藝術並不是光靠努力就能做得出來，除了努力，它更需要天分，需要將自己的靈魂豐富，要先感動自己才能感動別人。**

現在，偶爾會有剛剛投入陶藝創作的年輕人來詢問我，該如何在創作這條路上堅持下去？也會埋怨市場的不景氣，或談起沒有人理解自己的作品及遠大的理想。

勇敢追夢絕對是一件值得被鼓勵的好事。但在堅持自己的理想之前，除了檢視自己的付出和天分，也該想想自己是否有能力照顧好自己最愛的家人，甚或只是照顧好自己。

千里之行，始於足下。心可懷壯志，眼光也可以遠大，但唯有一步一步紮實地踏穩腳步，做好當下該做的每一件事，**做一份負責任的工作，才能做一個對自己也對家人負責的人。**

工作室成立初期，雖然不斷試著調整創作的方向，但在很長一段時間裡，仍舊無法依靠做陶來達到生活上的收支平衡。總是每天努力地製作各種器物，在累積一窯的作品之後，期待著這一窯能燒出令人滿意的作品。

彼時的市場需求不像現在廣泛，資訊的流通和傳達也不如現在便利，加上自己在業界知名度不高，往往是好不容易燒成了一窯之後，也只能在親友的支持之下辛苦地支撐著。

在朋友的引薦之下，得到了在學校兼課教授陶藝的機會。也偶然得知臺灣工藝研究中心即將開辦陶瓷釉藥班的消息。和校方溝通後調整了部分的上課時間，在一週裡挪出兩天的時間去學習釉藥及燒窯的相關課程。這也是我第一次正式學習跟陶瓷創作相關的學理課程。

釉藥學，又要學

上釉藥課的第一天，授課講師是在業界頗具知名度的范振金老師。一頭銀髮、笑容可掬的范老師帶著幾本書走上講台，面帶微笑、一言不發地反覆用眼神掃視了台下。靜默了一會兒之後才開口說道：「啊！年輕真好！如果我還能像各位這樣年輕，還坐在台下學習，那該是一件多麼讓人開心的事。」

彼時還不到三十歲的我，對老師的這一番話並沒有太深刻的感受，只是覺得這個老師的開場很特別。

釉藥，是一門艱澀難懂的課程。所以同學常笑說「釉藥學就是又要學」，怎麼學也學不完。除了一堆本來就不太熟悉的元素週期表，還要加上酸、鹼、熱反應等一大堆讓人窒息的問題。好不容易覺得對某一種原料的特性有了粗淺的了解和掌握，加了另一種物質之後，卻又立刻衍生出許多不同的問題。

九二一災後重建的教室，是在草地上搭建起來的臨時鐵皮屋。燠熱的午後，望著黑板上各種外星文般的化學元素原子序和各種反應符號，讓人覺得腦袋比那曝曬在烈日底下的鐵皮屋頂還燙。

原本以為釉藥的組成已經夠難了，窯爐學又是另一個讓人腦袋發脹的大問題。

除了升溫曲線的變化、降溫的速度，還要隨時注意空氣和瓦斯的比例，甚至只是排窯位置不同，都會大大影響著燒成的結果。

有一句話說：「桃三李四，做陶一生，燒窯一輩子半。」種桃子三年結果，李樹四年可以收成，而做陶需要一輩子，燒窯更是一輩子也學不完！

雖然在科技的幫忙之下，許多過程都可以透過演算而得出概略的數據，但在實際操作時，卻又往往不是這麼一回事。

很多人以為，釉藥就跟畫水彩的三原色調色原理一樣，而且要什麼顏色買來就能用。但釉藥並不是紅色加黃色就是橙色，紅色加藍色就是紫色，藍色加黃色更不會是綠色。因為陶瓷所用的釉藥，主要是利用氧化金屬做為發色來源，紅色的氧化鐵在充分供給氧氣的氧化燒中呈現紅色，而在相對低氧環境的還原過程中又變成綠色。所以光是釉藥的環節真的就是一輩子也學不完。

燒窯也是燒時間

在工作室和客戶洽談合作的過程中，最怕聽到的問題也和釉藥有關。

常常一句「我就燒紅色就好」，或是「這個顏色加這個顏色就可以」。

這些在客戶口中說來輕鬆的字句，是即使犧牲許多個睡眠的夜晚反覆測試，也不見得能夠燒得出來，需要在一大堆的試片當中反覆探尋想要的結果。就算燒出了想要的試片，到能燒出真正滿意的作品之前，其實也還有一大段距離。

而「我不急，下個星期給我就好」，更是另一句令人擔心的話——陶瓷的製作過程並不像烤麵包或做披薩，只要材料準備好就能放進窯烤——每一種土都有它不同的限制和製程。

簡單來說，從練土到拉坏工序上已經占掉一天，視天氣的狀況還得等它到達皮革硬度，才能進行修坏、黏貼、化妝、鏤空……等等的工序。再來就是陰乾、理坏、素燒、降溫、上釉、釉燒，再等上一兩天的降溫。

運氣好的話就能如期燒出想要的作品，但更多時候就像一不小心按了重啟鍵，一切回到源頭重新來過。

而所要面對的，不光是再跑一次流程的問題，更現實的是經濟問題。在往復的製作、燒窯及面對失敗的過程，所有的時間和精力就在這悄然反覆之中，如流水般逝去。

暮然回首，做陶至今已過二十幾個年頭。突然想起范老師在講台上的那句「年輕真好」，我也已從初入土堆那個未滿三十的初生之犢，來到了髮鬢漸白的知天命之年。

父母的年歲在子女的哭笑裡增長，作家的生命在紙筆運走之間慢慢消逝，農人的青春在莊稼成長之中流失；而做陶人則是將自己深埋在泥裡、在火光中不斷地燃燒自己。

當深夜坐在轆轤前加班的時候，隨著精神的專注，耳邊的音樂漸漸地彷如去掉背景的黑白電影，一切都緩慢而無聲地進行著。時間也伴著泥漿不斷在指縫中悄然溜走。

當燒窯的時候，陶人的青春也在窯體兩側的窺孔閉合之間消逝，燃燒

瓦斯的同時，也將自己的生命蠟燭義無反顧地擲入火光，在這一明一暗之間流失。

用匠人的青春燒成的爐火

這幾年，隨著自己的成長與市場變化，作品開始被大眾接受，生活也逐漸獲得改善。但卻很少人知道，每一件作品燒成的背後，是經過無數的挫折所換來的。從一塊土到做成一件作品，不過短短幾分鐘的時間，在別人眼中看來簡單的過程，也只有自己和親身經歷過的人才知道，一切真的「不簡單」。

曾經有人問我：電窯、瓦斯窯、柴窯等各種窯的不同，是否只是因為提供熱能的原理或燃料而有所差別？這個問題的答案，對、也不對！從物理上來說，幾種窯爐最大的差異，的確是所用的燃料及加熱方式不同；但不管是什麼樣的窯爐，維持千百年不變、傳續火光的熱能來

照顧腳下

做陶的過程是孤獨的。

也必須孤獨，因為專心一致、全意念地投入才能製作出一件好的作品。太多的紛擾會無法專注，更無法安靜思考。

但是人類畢竟是群居的動物，大部分人都對寂寞和孤獨感到強烈的恐懼和不安；所以在工作以外的時間，也必須學會與他人相處。

正因為我們的生活必須時時與他人相處，所以如何在彼此之間營造一段舒服的相處模式，就成為我們生活中需要學習的重要課題。在彼此相處的過程，我們更多是在表現以及給予，卻未曾考量我們所給予的是否如他人所需要的。就像一隻整天拿著胡蘿蔔釣魚的兔子，恐怕坐上一輩子也釣不上一條魚。

只有用心的觀察和體會，才能在適當時機讓自己的付出有所價值且令人感動。

先「看見」，才「用心」

每個人的個性不同，表達方式自然也就不同。其中最大的影響，通常是來自原生家庭的環境。一個在笑聲中長大的孩子，通常也會將笑聲帶到他的朋友圈中；一個在責難中成長的孩子，很大的機率也會帶給別人一些壓力。

現在的教育環境，不斷強調要孩子勇敢地表達自我，這讓我們愈來愈在乎自己在別人眼中的樣子，也愈來愈為了表現而表現。因此，人跟人之間的關係看起來很熱鬧，卻也愈來愈淡薄。當我們習慣了只接收那些外顯的表象，就會無法體察到生活中細微的差異和變化。

每個人都用自己習慣的語氣和對應方式來和別人相處，一旦有了不愉快，第一反應通常認為是別人的問題，而沒有冷靜下來反觀自己可能才是問題的所在。「為什麼對方沒有給我期待的答案？」「我這樣說又沒有什麼不對！」其實這只是因為自己沒有「看見」。

在工作的空檔，我喜歡用手機相機記錄下工作室光影的各種變化；走過窗邊看見那穿透樹影落在坏體上的畫面，就會忍不住拿起手機拍攝下來。偶爾有朋友會問我要怎麼樣才能拍出那些光影變化之間的美感。甚至翻出我臉書上的照片，問我這是在哪裡拍的？

我帶著他到工作室的門口，指著牆邊的水缸，「就是在這裡拍的呀！」朋友驚訝：「我經過這麼多次，為什麼沒有看見它？」

任何事情都必須要先學會「看見」。如果連眼睛都看不見，就更不用談

用相機記錄或是用心來感受了。

我們的「心」太快，快到對很多生活中的事物都是一閃而過。天氣熱了有冷氣、天氣冷了有暖氣，季節的交替快到連春夏秋冬都只是月曆上逐漸更換的文字，對生活中的變化全部都視而不見。

而讓生活從快到慢的過程，也是需要學習的。透過對季節的細微觀察，如一朵花開的過程、一片落葉飄落的軌跡，讓已經麻痺的感知能力慢慢甦醒，讓生活不再只是數字上的更替，而是活在季節裡。

照顧腳下

為了製作出更好用的茶具，我曾在七年的時間裡，每週往返台中上課。學習茶藝的過程中，老師會在每個不同的學習進度上為我們規劃各種小型茶會。透過茶會形式的互動，能更深刻地體會每一次提壺、注水的意義。而在許多的茶會中，最令我印象深刻的主題是一次「照顧腳下」

的茶會。

「照顧腳下」，來自於日本許多寺廟階梯處可見的小木牌，上面寫著的「腳下照顧」。其中的含義並非要我們小心階梯，「腳下」指的是「當下」或「本我」，而照顧則有反省、關注及確認的意思。

老師選擇「照顧腳下」做為茶會的主題，就是希望我們能夠專注在當下的每一刻，並用心感受每一位茶客的心情。

茶會的前一天，我徹夜未眠地燒窯。上課前的早晨，掀開窯門上的窺孔查看窯內的情況，用來測探溫度的七號溫錐已經形成完美的弧線，前端剛好點在棚板上，這表示窯內的實際溫度已經到達預設的階段。關掉瓦斯開關、確認瓦斯窯徹底熄火、插上煙囪的擋板，梳洗後就直接到教室上課。

當天的茶會是在佛寺中舉行，所泡的第一杯茶湯必須端到佛前供佛。雖然氣氛有些嚴肅，但內心卻很平靜、輕鬆。茶會結束後，大家聚在一起分享茶會的心得。

老師走到我的身邊微笑著對我說：「永勝，今天很累喔！」

我驚訝地看著老師：「老師為什麼會這麼說？」

「因為你的腳步很重。」老師簡單的一句話卻是對我很大的提醒。

在日常生活中，我們幾乎不可能會注意到身邊的人腳步是否沉重。

但如果我們不能體察到別人的狀態，又如何為對方泡一壺適合的茶湯呢？

偶爾到朋友的茶室喝茶，朋友會熱情地款待剛拿到的好茶，並細數著這茶的來歷和珍貴。喝完之後，該有的香氣、口感、喉韻都很好，確實是好茶。但感受也僅是味覺感官上的差異。

一次，到嘉義演講結束後訪友，朋友一見到我就說：「昨天剛拿到一泡很好的高山茶，今天剛好可以來喝一下。」

說完就打開爐火煮水，拿起手上的茶葉，想了想又放下，起身拿後方另一罐茶。出湯後端起杯子放到我的桌前：「喝喝看，不知道好不好喝？」

「一定很好喝呀！」

朋友驚訝地看著我：「你都還沒喝，怎麼知道一定很好喝？」

「你剛剛不是說要泡高山茶給我喝嗎？為什麼又換成了普洱茶？」

「喔！因為我想說中午了，你還沒吃飯，一下子喝輕發酵的茶怕你胃不舒服呀！」

「所以我說一定很好喝！我看你換了茶就大概知道你為什麼換茶了。茶葉或泡茶的技巧好不好是一回事，這份體貼的心意才是讓茶變好喝，也讓心變得溫暖的主因。」

一泡茶質優良的好茶，用適當的方式沖泡，滋味必定令人回味；但是一泡「用心」沖泡的好茶，才能讓人由衷地感到溫暖。

無須言語的貼心

有一段時間，當我心情不好的時候，我會開車到台中找朋友小方喝茶。小方話不多，通常我們也沒有太多言語上的交流，只是簡單的寒暄，我坐下，他泡茶。但每次喝完他的茶，總覺得心情得到了紓解。

當心情低落的時候，他會沖上一壺清香的阿里山烏龍，鬱悶的心情便隨著那股清香和杯中升起的熱氣而蒸發；有時是工作或生活中的瑣事而感到焦躁，他會拿出小小的朱泥壺，沖出一泡濃淡適宜的鐵觀音，讓我的心隨之沉靜。

讓我的心情得到轉換的，並不在那些茶品是否珍貴。而是那顆不需言語就能察覺到他人情緒的體貼之心。

同樣的，製陶人在製作器物時，如果無法體察到別人的喜好或心情，也就很難製作出令人愛不釋手的器物。在這一杯杯溫暖的茶湯中，我慢

慢學習著「看到」、「喝到」和「做到」。

學著照顧腳下，放慢腳步，細心關注生活的每個當下，學習用體貼的心關心我們在乎的人，細心感受生活中細微的美好。

萬年狗屎

對於一件器物的好壞與否、價值高低，存在著許多主觀的判斷條件。許多人認為，只要是年代久遠的器物就應該是值錢的；但這只是判斷的條件之一，並非絕對。製作精良與否才是決定一件器物價值真正的關鍵。

在日本及大陸盛行好一陣子的寶物鑑定節目，不時可以看到民眾帶著物品請專家鑑定價值的場面。

也許是一件從先輩流傳下來的器物，號稱當生活突遇困難時只要變賣就能度過難關的稀罕珍寶。收藏者將其小心翼翼地運送到會場，偶爾畫面夾雜來自鑑物者長輩的責難誹議，因為公然評斷先祖的器物價值是一件非常失禮的事情。絕大多數時候，在眾人的引頸期盼之下，專家仔細檢查鑑定後給出的價格，與藏家所期待的價格總有著極大的落差，也常因此引來現場的哄堂大笑。藏家雖然難掩心中失望，但大部分的人還是小心謹慎地將鑑物收好，繼續帶回珍藏。

而這些在市場上被認定不值高價的物件，為什麼在得知它們並非所謂的精品之後，多數人還是願意小心帶回家珍藏？或許，我們從另外一個角度來看待它，就會明白價格與價值之間的差異。

狗屎與黃金

很多年前，一位朋友拿了一個不起眼的小杯子來找我。杯子的由來據說是宋朝的骨董，起因是因為一則借貸關係，對方還不出錢，於是先拿這件作品向友人抵債；朋友事後想想，也不知杯子年分真假，所以帶來詢問我有何管道可以鑑定。突然想起臺灣工藝研究中心好像有一套設備可以做年代的檢測，朋友便請我代為送檢。

我小心翼翼拿著這只號稱價值不菲的宋朝小杯子到工藝研究中心，向老師說明來意。並請教老師這樣一件作品是否具有友人所說的價值？也請託老師幫忙代為送驗作品的出產年代。

老師接過杯子看了一下：「你覺得這個杯子美嗎？」

因為沒想到老師會突如其來一問，我先是一愣，心想也許是老師沒有聽清楚我的來意，又再說明了一次：「老師，請問您認為這只宋朝的杯子值十幾萬嗎？」

老師卻依舊重複剛才的問題：「從你做陶的角度來看，覺得這個杯子美嗎？」

我仔細看了一下手上的杯子：「嗯……我覺得不怎麼好看。」

「那麼你覺得它的做工和燒製工藝如何？」

「我覺得，好像也普通！」

「對啊！作品的年代久遠，並不代表就一定值錢，重點是作品好不好看。否則，路邊的石頭隨便找也有一萬年的，但就是不值錢……」

從工藝研究中心回來之後，我把杯子交還給朋友，並把老師的話完整轉述給他。朋友聽完後先是一陣沉默，接著便哈哈大笑地說：「我懂了！我懂了！狗屎放一萬年還是狗屎，就是變不了黃金！」

朋友再看了一眼手上的杯子，然後把這個「價值十幾萬」的杯子隨手就放進口袋裡。

從那之後，只要聽聞有人入手某件年代久遠的器物，就會再次想起老師那天說的：作品的好壞才是決定價格的重點！更忘不了朋友的那一句：「萬年狗屎，成不了黃金。」

然而一件器物，除了價格，是否還有其他價值？在生活中，我們經常會接觸到各式各樣器物；但這些器物產生的價值和存在的意義，難道都只取決於價格高低、市場性的主觀條件嗎？

價格與價值

偶爾朋友也會開玩笑對我說：「欸！你不要太保養身體啦！哪天你掛了，我手上有你的作品就『值錢』了！」

我笑著回應朋友：「哪天我要是真的掛了，那些東西應該也不會『增值』。如果你只是一直放著不用，哪天你走了，它們就會被轉送或當成垃圾丟掉。」

就狹隘定義而言：

價格，是指一個職人為創造出的器物，被大眾世俗認定的通俗量詞。如何訂定價格，則是取決於生產者有形及無形的製作成本，加上欲收穫利潤。

價值，則應該透過使用者的珍惜與愛用才能讓它產生。

一位父親從名家手中收購高昂名貴的杯子，卻始終收存在櫃子裡。有朝一日父親不在了，對他的子孫而言，高貴的杯子不過就是一個擺飾而已，丟棄或變賣其實沒有什麼好猶豫。

相對的，一位父親在一間賣場買來一只普通杯子，但它是父親每天早上用來喝茶的器物。當某一日父親身影不再，再望著杯子時，兒子孫子就會想起每朝使用它喝茶的老父親。睹物思人，一只再平凡不過的茶杯卻使人無法割捨。

兩者的差別僅在於「用」。

「用」才能產生情感，情感才能衍生價值；而一件滿懷心意製作的器物也才能讓人愛用。大部分的時候，**器物不一定是一件藝術品，但它們卻用另一種方式來收納我們的情感和靈魂。**

誠如日本民藝大師柳宗悅所說：「器物因服務人類而存在，也因使用者的珍惜愛用而得以流傳。」

器物與人之間必須建立起一段良好的關係，才能讓器物顯出存在的價值。

器物滋生情感，也因情感而顯其珍貴

關於價格與價值的區別，又想起了另一則故事。

朋友的父親退休後斥鉅資在山上買了一塊土地，計劃搭建一處休閒養老的地方；新房子才蓋好不到一個月，老人家卻因一場意外而離開了。於是朋友便降價求售，因為對他而言，山上的新房子不過就是一個離市區遠、交通及生活都諸多不便的地方。

一棟建在視野開闊的漂亮建築，就只是一棟「房子」；一個雖僅足以遮風避雨但有人陪伴的地方才是「家」。房子如果只是一棟拿來做為投資的建築物，當然可以轉賣；而「家」卻有著更多的回憶，這樣的情感無法割捨更無法買賣。

幾年前，家裡請人重新粉刷牆面，我帶著油漆師傅走到樓梯口，指著那面每半年就用筆記錄孩子成長身高印記的牆面。我還沒來得及開口，師傅說：「啊！這個牆面畫成這樣真的不好看，我知道，我等一下會多刷幾次把它蓋掉。」

我跟師傅說：「我想說的是，這一面牆請不要動，讓它維持原來的樣子就好。」

師傅帶著懷疑的眼光，用驚訝語氣問我說：「這樣好看嗎？」

潔白無瑕的光亮牆壁，是普羅大眾定義的宜居環境，足以構成房子價格好壞的條件之一；但房子裡一堵刻畫著孩子成長過程的牆，對旁人來說就只不過是牆上的一堆莫名其妙的塗鴉，對父母與孩子而言卻是永恆的回憶，是用成長的進程所刻畫出最好的印記。

情感，才是一切價值的根源，也是溫暖的核心。創造價值過程，需要的是更多的時間。

曾經有一對夫妻朋友，在結婚紀念日之際，來到工作室挑選自己的碗做為紀念禮物。

老公說：「吃飯用什麼碗還不是都一樣。」

老婆說：「換個碗也換個心情試試嘛！」

一年以後，朋友再度來了電話：「請問上次那個碗還有嗎？我老公說，沒那個碗他用不習慣。」

常年使用一個器物，隨著時間推移、伴著回憶累積，就會慢慢和它建立起一種不一樣的情感。

相同的道理：對器物，乃至對我們愛的人，投入更多的關心與互動，才能創建出它的價值。**用一件自己喜歡的器物，與自己愛的人共同建構起生命中一個無法取代也不會消逝的存在，就是對器物的價值，最好的詮釋。**

窯神的賞賜

很多朋友或店家都對我在柴燒市場熱絡的當下，卻沒有跟大部分創作者一樣投入柴燒的行列而感到好奇。我想，這和多年前曾造訪日本六大古窯之一的「信樂」所見的經驗有關。

夏日午後，我騎著腳踏車從信樂車站往陶藝之森的方向出發，沿途參觀拜訪了許多的工作室和陶藝作家。偶然路過一處陶房時，被谷清右衛門陶房門前那座用酒瓶搭建的建築吸引，忍不住停下腳步，駐足欣賞。一位身材矮小瘦弱的老先生親切地招呼我入內參觀，相談甚歡之後，便邀請我再一同騎車往他的古陶資料館參觀。

乾淨的窯室

谷清右衛門的陶房創建於日本江戶時代末期，資料館裡大小、各色的展示品琳瑯滿目；從古信樂的花器、酒瓶，到二戰時期因為物資短缺而用陶土製作的地雷和手榴彈，令人目不暇給。除了展品，房主也同時向我介紹信樂燒的歷史和這些器物的故事。在我驚嘆不已的同時，老先生又帶著我參觀資料館後方的柴窯，原本以為只是一般的穴窯，老先生卻叫我到窯後方的煙道口看看。兩個周圍被燻黑的觀火口，是一雙圓滾滾的動物眼睛，整個窯體原來是一隻可愛的狸貓造型。

走近窯前的入口處，低矮的窯口，我連彎身都很難進入，於是就在窯口的地方仔細觀察窯體的內部。驚訝發現窯內居然打掃得乾乾淨淨，忍不住問老先生：「每次燒窯後，您都會把窯打掃得這麼乾淨嗎？」

老先生帶著疑惑的表情回答：「你們在燒窯時不整理嗎？」

「也是會整理，但是不會像這樣打掃得這麼徹底。不過為什麼呢？下次再燒的時候還是會一堆灰呀！」

老先生微笑著說：「你會這樣問，是因為你不是我。」說完就彎身走到窯裡。

一時之間我沒能理解這句話的意思，只見老先生在窯裡對我招招手：「進來吧！」

我彎著身，勉強擠進狹小的窯室。

「你有什麼感覺？」

這個問題瞬間又讓我不知道該怎麼回答。雖然我也有燒過幾次柴窯的經驗，當然也在窯室裡待過；但突然問我有什麼感覺，實在不知道如何回答。

想了想：「嗯，我覺得空氣很好，很舒服。」老先生笑著說：「所以你知道呀！」

這句話又更讓我摸不著頭緒了，突然覺得自己的日語實在退步得厲害，為什麼連這樣簡單的對話都聽不懂呢！

見我一臉疑惑，老先生接著開口說：「在擺放每一件作品的時候，我都要認真思考如何安排落灰和火痕，如果窯室內的環境不好，稍微挪動腳步就會揚起一堆灰塵，在這樣的環境下，很難靜心思考如何安排火路和擺放、調整每個作品之間的距離。匆促完成的作品就會帶著一種火氣，用心的人也都可以輕易察覺出來。」

一番交談之後，我終於明白了老先生說的「你這樣問，是因為你不是我」真正的意義。

當時柴燒在台灣剛開始流行，我也曾嘗試著燒柴窯，卻沒有太多有經驗的前輩或朋友可以學習和討論，總覺得柴燒就是多少靠點運氣，反正燒不好，就再回燒一次就好。所以從未像眼前長者一樣謹慎思考種種細節，當然也就無法體會他打掃窯室的用心。

離開資料館，一邊回味著剛才的對話，再度踏上單車前往另一個工坊參觀。

看到一群老先生也正在燒柴窯，交談中了解到他們並非專業的職人，只是一群趣味相投的退休人員，依照著老師所規劃的時間和數量投柴。再一次驚訝發現，原來在日本，連燒柴窯都可以精簡地公式化，讓外行人也能體驗燒窯過程的辛苦和樂趣。雖然這只是活動形式的燒窯體驗，卻也說明了相較於其他窯種的燒製過程，柴燒的確是累人的體力活。**然而作品的困難和珍貴與否，也並非全然依據是否出自於耗時費工的柴燒窯做為判斷，而是取決於作者用什麼樣的態度來燒出什麼樣的作品。**

燒柴、燒電與瓦斯窯

燒柴窯與燒電窯和瓦斯窯最大的不同在於燒成的時間很長，短則三、四天，長則可能達一星期或十天。

燒電窯時只需關注熱能和釉藥之間的影響，所以只要控制窯溫穩定上升，甚至可以用自動控制的方式來燒製。瓦斯窯則是除了熱能與釉藥的反應之外，燃燒時空氣中含氧量的多寡也是重要的變動因素。相較於電窯的燒成，瓦斯窯的變化更多，也更難掌握。

而柴燒熱能唯一的來源就只有木柴，因此在坏土的選用和投柴的時機、多寡等因素，都是影響作品好壞的關鍵。大部分的柴燒作品都不上釉，它的美是展現在土坏和火焰的自然融合中所產生的美感。因此，很多人就會認為燒製時間長的柴窯就比較珍貴。

不可否認地，有很多作家用心研究和燒製柴燒，作品的呈現也令人驚豔。但也正因為作品不需上釉，可以省去曠費時日的艱深釉藥研究；甚至可以將作品最終呈現託付給窯火自行定奪做為成品的理由，無意間卻成為一部分人眼中的捷徑。

對於火的掌控，是需要很長時間的學習和經驗的累積，每一個動作都應該是深思熟慮後的結果。倘若只是單純認為反正不用上釉，一切交給老天去決定，那麼，燒出來的作品和作者的技術與生命有什麼關聯？一件不小心燒出來的作品，**如果連自己都不知道它為什麼會是這樣的結果，即使再精采，似乎也失去了創作的意義。**

窯神降臨？

過去幾年的時間，在台灣和大陸的陶藝市場，柴燒作品非常盛行搶手。這原本是件美事，有更多的人投入柴燒的創作，幾乎每個人或多或少都在燒柴窯。但隨著柴燒旋風的熱絡，跟風的人愈來愈多，任何人都可以做陶，都可以快速投入這個市場。但是卻沒來得及先問問自己為什麼要燒柴燒？或想燒出什麼樣的作品？

偶爾會聽到這樣一句話：「這件精采的作品是窯神的賞賜，燒了很多窯就只有這一件。」

的確，令人驚嘆的作品，大多非單靠人力所能及，都是創作者竭盡心力之後，呈現出超乎自己預期的結果才有意義。如果單單僥倖依靠窯神的賞賜，那要等到何時才能夠讓窯神再次賜福？

我很喜歡作家陳之藩在〈謝天〉裡的一段文字：「無論什麼事，得之於人者太多，出之於己者太少。因為需要感謝的人太多了，就感謝天罷。」對於任何一件精采作品的完成，都應該心存感謝。一句「窯神的賞賜」，**若是因為作品的精采呈現超乎努力成果的預期，基於感激之意，可以理解並認同；但若只是拿來強調作品偶然的難得，似乎就顯得有點多餘和矯情。**

試想，一家餐廳的主廚如果只依照自己的心情和運氣來做料理，沒有穩定的品質要如何留得住客人？怎麼撐得起一家餐廳？當客人問起這一道菜怎會這麼好吃時，我們是否能想像從主廚的口中得到的回答，不是他如何用心選材和烹調，而是他自己也不知道，「因為今天有廚神附身」？

一件作品的完成，其背後的付出和努力只有自己最清楚。有句話說：「可被再現的才是實力。」雖然並不是每一窯都可以燒出令人驚豔的作品，但是至少要讓作品維持在一定的水準。

燒窯是創作最終也最重要的階段，時刻都不可以放鬆，否則所有的努力都可能付諸流水。更何況，如果不是自己謹慎思考後安排、燒製的作品，在出窯時我們要如何向客戶介紹所付出的用心？

同一窯的作品，用心程度相同，甚或是同樣不用心，不小心燒得比較好的那一件就要賣得比其他作品貴很多，只因為它是「窯神的賞賜」；這樣為燒柴燒而燒的作品儘管還是有人喜歡，也可以換錢，但卻不是我喜歡的做陶方式。

累積出來的厲害

曾經在一家咖啡廳裡聽見兩個年輕女孩的對話，其中一個說：「最近的業績愈來愈差，我們都這麼努力了，為什麼客人還是不支持我們？」這讓我想起了一句話，「你要開始才能很厲害，不是等到很厲害才開始。」

或許有些人因為這一句話而一股腦兒地投入自己想做的事，開起自己的店之後才發現，其實還有很多專業上的不足，與夢想中的目標也相去甚遠。但是否曾經想過，客人花錢購買的是結果而不是過程，沒有人會願意、也沒有義務為了逐夢者的學習過程而買單。

人生的路上，每個人也許都曾想要成為某種角色：藝術家、作家、音樂家或名廚，卻很少想過為了成為夢寐以求的角色該做些什麼。這些地位或頭銜都不是靠「想」或直接投入就能做得成的；所有的名聲，不管什麼樣的稱謂，都是別人對一個在專業領域努力而獲得某些成就者的一種尊稱，並不是在名片上印出來就能成為的身分。

要開始才能很厲害，不是等到很厲害才開始；或許更貼切的說法應該是：「你要積累才能很厲害，不是等到很厲害才積累。」博觀而約取，厚積而薄發。

敬畏柴燒的不易

走訪過日本的益子、笠間、瀨戶、常滑、丹波、信樂到岡山的備前，深刻體會到每一個地方的柴燒都有各自無可取代的特色。暫時不燒柴燒，是因為我覺得還沒有找到自己最喜歡的方式，及想用柴燒來呈現的特色。所以現在的我只想專注做好自己喜歡的器型，繼續在火光中努力學習，並積極尋找更多的可能。不燒柴窯不是因為不喜歡，而是出於敬畏。因為知道柴燒的不易，所以需要用更多的時間來準備。

回想起在谷清右衛門資料館與老先生道別的那刻，老先生說：「我九十二歲了，已經沒辦法像年輕時一樣燒柴窯了。你還年輕，你可以試試我的方法，一心一意專注在每個細節；這樣燒出來的作品一定會連你自己覺得感動。」

當有一天，我確定了自己喜歡的方式，也會像當年學習拉坏時一樣廢寢忘食。

一個人，靜靜坐在窯前感受著如脈搏跳動般的火光明滅，在烈火中淬鍊自己的心念和意志。在晨曦日暮的手起刀落間，期待那個全力以赴、竭盡所能之後，窯神所賞賜的意外之作。

②坏中的情懷

因陶而遇的那些人

菓菓

女兒菓菓身上有著許多我的影子。我們都喜歡玩土、喜歡觀察生活中的花花草草，一朵花、一片葉子就可以讓我們看上好一段時間；容易感動、喜歡旅行和攝影。常常在整理照片時驚訝地發現，我們居然在不同的時刻各自拍下了相同畫面的照片。

當然也有許多和我不一樣的地方。她對某些事情的細節要求近乎苛刻，在學校做報告的時候，常常被同學笑稱她根本有嚴重的強迫症傾向。就是這樣一絲不苟的性格，現在工作室出貨紙箱裡面的作品擺放、卡片、貼紙和膠帶黏貼的位置總是排列得整整齊齊。

愛「美」的女兒

從小，菓菓就對美的事物有著自己的理解，語言能力發展也極快。三歲不到的她跟著我們到日月潭遊玩，一下車就快速跑到湖邊，蹲下來用雙手撐著下巴大聲喊著：「快來看，這也太美了吧！」一旁的朋友笑彎了腰：「欸，這麼小的孩子居然知道什麼是美耶！」

就是這樣一個「愛美」的小女孩，每天都在我工作的土堆旁遊走，在我拉坏的時候自己也搬了張板凳坐在我的前面看得出神，而且一坐就是大半天。偶爾隨著坏體的快速升高，她會開心地鼓掌，用稚嫩的聲音發出「哇～」的一聲，所有工作中的疲憊就會瞬間融化，並消失在她的驚嘆和笑容之中。

有一次，接了一批陶板訂單，忙了一整天覺得有點累，就帶著我們家的小狗到田裡走走。回到工作室的時候，看到菓菓站在工作檯前，臉上的表情有點緊張，雙手緊緊地貼在陶板上。於是問菓菓：「怎麼了？」她只是安靜搖搖頭後低頭看著手上的陶板。

我拿開她的手一看，原來是趁我外出的時候她在陶板上畫了一隻貓咪。我只是笑了笑，摸了摸她的頭：「很可愛呀！」從那天開始，我的工作檯上就不時地會出現幾隻可愛的動物。

從教室小助教到工作室助手

在我到學校兼授陶藝課的那段時間，也總會帶著這個綁著超級整齊辮子的小女孩，推著和她差不多高的推車跟在我的身後，與那些比她大很多的哥哥姊姊一起上課。最令我嘖嘖稱奇的是，她總能在我示範過程中轉身或抬頭的那一刻，就立刻遞上我接下來要用的工具，這樣的默契，簡直堪比醫院手術檯旁那傳遞器械的護士一樣專業。

那時，國小低年級的菓菓只需要上半天課，有時也會在午後跟著我到其他學校充當小小助教。教室裡就會出現有趣的一幕，一群四、五年級的大哥哥大姊姊，排隊等著這個二年級的小小助教幫他們調整作品。

這個從小就愛跟在我身邊，喜歡拍照、超有個性的小女孩，現在也已是雙十年華。以前總希望孩子可以快點長大；現在卻覺得，孩子長大的速度甚至比我手中坏體成型的速度還要快，一轉眼都已經是個大人了。

大學畢業後，菓菓開始到工作室幫忙，我也多了一個得力的助手。

每天工作前，我們都會在茶桌前一起聽著音樂，喝著菓菓沖泡的咖啡，討論今天的工作排程，或聊聊生活中的趣事。菓菓也像個盡責的祕書，拿出筆記本安排接下來工作的進度，或回覆網路上客戶的問題。

最勇於反駁的學生

工作室已經十幾年沒有再接任何教學課程了，菓菓成了我目前唯一、也是最敢反駁我意見的學生。第一次認真地想要教她拉坏，只見她拿了一塊土，坐在轆轤前有模有樣地拉了起來。

我驚訝地問：「你為什麼會？」

她只是淡淡回答：「拜託，我都看那麼久了，當然會！」

我才明白，拉坏用看的就可以學會。不過對於這個從小坐在轆轤前陪我拉坏、看著轉盤旋轉長大的大女孩來說，有這樣的表現好像也合乎常理。

而她的強迫症性格好像在陶土裡就失去了作用。提醒她割陶板的時候要用轉檯才割得圓；她會說：「為什麼要很圓？我覺得不要太圓比較好看。」

「修坏的時候刀子的角度要小一點才不會有刀痕。」

「可是我覺得有刀痕很自然啊。」

但是到了收拾的環節，她的強迫症傾向就又爆發了。所有的工具都要擺回原位，地板也要收拾得乾乾淨淨才可以。

教導她在燒窯時用手快速掃過瓦斯窯一千度時所噴出的火焰，再嗅聞手上的氣味來分辨窯內的燒成氣氛時；面對激烈的火光、幾次拒絕和猶豫之後，她突然拉起我的手去觸碰火焰，然後聞一下我的手，說：「嗯，我知道了。」突然發現，我這個女兒實在比我聰明太多，當年我怎麼就沒有想到這一招？

在菓菓回來幫忙的這段日子裡，從練土、成型、上釉到燒窯，帶著她一步一步熟悉陶瓷的完整製程。過程中，菓菓總是很有個性地按照自己的想法來學習和創作，並不全然依照我所教的方法；除了成型過程中必須遵守的程序和技法外，我都盡量讓她自己去發揮。

用眼睛學技術

某一次，和日本陶藝家朋友交換彼此做陶的心得，朋友的老婆在一旁小聲地說：「他呀，都只跟朋友分享這些創作上的心得，對兒子從來都不提。」

朋友說：**「技術必須靠自己的眼睛盜取，而不是等待他人的傳授，我爸也從來不教我。」**

意思是說，所有的技法必須經由自己實際操作的經驗累積，才能深刻理解和記憶，而不是只是等待他人的教導。

我覺得他說得很有道理，技藝的學習需要不斷專注觀察，和反覆練習才能形成深刻的記憶。很多事情也不是光靠教就能教得會的。佛家有一句話說：「漸悟是頓悟的必須，頓悟是漸悟的累積。」而太容易得到的，往往也不懂得珍惜。

有時看著女兒用自己想像的過程去創作，明知道最後的結果一定會有些問題，我還是會放手讓她去試錯，從一次次的錯誤中慢慢學習和成長。菓菓也正努力從錯誤中走出一條自己的道路。

我是菓菓的爸爸！

幾年前，接到一家日式丼飯店的委託，協助量身打造店裡所有器皿；當客戶一眼看到菓菓設計的杯子後，愛不釋手，決定要在店裡用菓菓的杯子倒茶給客人喝。

迎來人生第一張正式訂單的菓菓，很快就開始製作杯子。雖然是第一次小量生產相同規格的器物，但在這麼多年的觀察學習下，對於杯子的拉坏過程其實已非常熟悉；即使動作有點不夠精準和純熟，但製作難度對她來說還不算太高，可以全部獨立完成。對於這樣的進度，菓菓自己也覺得挺滿意。

我跟菓菓說：「先不急著全部做完，你看看我拉的杯子和你拉的有什麼不同？」

菓菓看了一下我手上的杯子之後：「你的比較平均，我的有點歪。」

「其實重點不是圓不圓，而是杯子既然是拿來喝茶的，使用時的『就口性』就很重要。如果一個杯子很好看，但是不好用，這樣的杯子就只能是擺飾。這次客戶要的是杯子而非擺飾，是不是再調整一下器型和角度呢？」

菓菓又仔細比較了一下我倆杯子口緣的不同，調整了手勢，讓杯子內側口緣的斜度更順了一些。

「黏貼把手的時候，如果中心分配不平均，那杯子拿起來就會覺得重，造型和功能很多時候都是相衝突的，所以你在比重上，要選擇造型多、還是功能多，就更應該好好考慮再決定。

「我們做的都是日常生活用的器皿，但是用時間和生命來製作的器物，如果只是被一直擺著，卻沒有發揮實際的作用，那豈不是很可惜？」

菓菓停下手中的動作，思考了一下：「好，我知道了。」

從這個時候開始，菓菓更會注意到製作器皿的細節。也逐漸開拓自己的市場。

接下來的幾次新生代聯合發表的手作市集，在大家的支持和鼓勵之下，也都有著還不錯的成績；許多朋友來到工作室，總會先問菓菓最近有什麼新作品。

前不久，朋友帶著和菓菓差不多年紀的外甥來工作室喝茶。才進到工作室不久，他就拿起桌上菓菓的名片說：「哇！你和這個作家很熟嗎？我很喜歡她的東西耶，我都有追蹤她喔！」

「呃……是滿熟的。」

「那你也會做陶嗎？」

「我……會一點。」

這個興奮的年輕人迫不及待地打開ＩＧ：「你看，她的作品都很有趣，而且很好看欸！」

這一刻，菓菓不再只是別人口中林老師的女兒；而我可以很開心說：

「我是林菓菓的爸爸。」

每次看著眼前這個大女孩，到深夜都還努力刻畫著自己的作品，一筆一畫地為她的器皿畫上各種顏色的圖騰，做為一個老師，我真的覺得很開心；做為一個爸爸，心裡更是感到無比安慰。如今，菓菓也和當年的我一樣，開始在學校裡兼課教授陶藝課程。看著她從第一次上台的羞澀，到現在一進學校，同學們一看到菓菓老師就會開心地圍著她繞，除了欣慰，更有著那麼一點點的驕傲。

父女的情意傳承

很多朋友問我：「對菓菓未來接班有沒有什麼期待或想法？」

我常說：「做陶是我的興趣，那份對南投陶的使命、和把做陶當成一輩子的工作，是我自己的選擇。菓菓的人生應該自己決定。從小在土堆裡長大的她，對於這份工作的優缺點應該很清楚，她也該自己衡量。我不會給太多的建議，更不會給她壓力。願意做很好！不想接也沒有關係。」

也有朋友開玩笑說：「大部分的人都會希望將來由兒子繼承家業，怎麼很少聽到你在教兒子做陶，反而都是在教女兒？」

在日本丹波立杭的朋友，也同樣有兩個小孩，也都對陶藝很有興趣。問他將來誰會接續現在的工坊？朋友說：「現在一個在京都，一個在泰國學藝，將來誰接這塊招牌，就看誰對未來方向的提議最能夠讓我認同，沒有預設立場應該由誰來接。誰來接最好，就該交給誰。」

師徒之間傳承的是手藝，父女之間傳遞的是情意。教給兒子或是教給女兒，首先考慮的是他們有沒有興趣，而不是單方面覺得就該由誰來接續；有興趣才能產生熱情，有熱情才能一直持續下去。**一塊招牌不一定要傳承百年，但這一份做好器物的心意期望能夠永遠延續，透過不斷相傳的薪火，讓一顆熱愛器物的心不斷散發光和熱來溫暖更多的人。**

學習一項技藝不難，但要成為一個專業的職人，除了修藝更要修心，工作室就是自己修心的場域，是要用一生來學習和努力。

做陶這條路就跟一長串的香腸一樣，剛打通了一個結，你以為後面就會一路暢通，其實並沒有，下一個結馬上就在眼前等著你。而我們終其一生要做的，就是把這一長串的香腸打通，變成一支超級大熱狗。

希望菓菓能夠勇敢突破所有的困難，在她未來的陶藝世界裡飛得更高也看得更遠。對於她的努力，我最想說的，還是在他們小時候我常說的那句：「遇到任何困難，需要爸爸幫忙的時候，只要你一轉身，我永遠都在！」

原料商來電：「林老師，最近日本瓷土又要漲價喔！這次的漲幅會比較大，要不要一次叫多一點？」受疫情影響，船運費用高漲，這已經是一年內的第二次調漲了。

送土那一天下著滂沱大雨，隔壁的檳榔樹禁不起強風來襲，直接倒在工作室庭院的圍牆上，巨大的聲響讓正在茶桌前喝茶的客人都嚇了一跳。司機是第一次送貨到工作室的年輕人，因為路線不熟，加上雨天視線不良，電話聯絡了幾次才找到正確的地點。

一起跑車送貨的小孩

「老師！不好意思！這邊的土堆不上去，太重了，剩下的這十包我可以放地上就好嗎？真的很不好意思，很不好意思……」身形略顯瘦小的司機，站在那疊已經堆得與他肩膀齊高的土堆前說。

「好啊！你放著就行！」

「看你車上沒有其他的貨，今天就只送我這裡嗎？」

「沒有喔！今天跑完單回到家應該大半夜了！等一下還要去肥料工廠載肥料，我們跑回頭車的什麼都載。其實開大車比較輕鬆，只要載貨不用搬。但是大車太貴了！我只能先買台小車開。」

「現在年輕人願意像你這樣一直出賣勞力的也真不容易！」

「沒辦法呀！就沒讀書！」
「不是有沒有讀書，重點是要你能做得住！」年輕的司機聽完後露出靦腆的微笑，被檳榔染紅的雙唇彎成了兩道上引的弧線。
雨刷不停揮動的擋風玻璃中，倒映出一對稚嫩的小身軀，他們不吵不鬧地坐在副駕駛座等待。
「怎麼會帶著小朋友一起出門送貨？」
「沒辦法！保姆費太貴了，只好把小孩帶在身邊……」說完，他繼續低頭搬貨。
卸完貨後，我拿了一些零食和礦泉水給他。
「這個給小朋友吃，小朋友幾歲了？」
「一個三歲，一個一歲多。」
哥哥鬆開抓在手裡的玩具接過零食，另一隻小手依舊扶著趴在副駕駛座上睡覺的弟弟，拿到餅乾的小臉笑得很燦爛。

「孩子還小，正是花錢的時候，你辛苦了！」

「我不辛苦啦！他們比較辛苦！」

「每天從早到晚都在跑車，都不會累嗎？」

「帶著孩子出門雖然有些不方便，但有孩子在旁邊陪著我，不會累啦！」汗水淋漓的臉上依舊掛著那個靦腆的笑容，對我匆忙道別後跳上車，在風雨中馬不停蹄地奔赴下一站。

我轉身抱起堆放地上的那十包土，奮力拋向土堆的上緣深處。分不清外袋上濕漉漉的水滴，是雨水？汗水？或是年輕的司機爸爸那不願流出的——抑或強耐著艱辛——在夜深人靜時，隱藏在靦腆笑容後面那不願讓人瞧見的淚水？

爸爸不輕易說累

車子開走後，那句「我不辛苦啦！他們比較辛苦！」讓我思考了好久。我在想，這也許是含蓄的台灣父母所能對子女表達最真切也最明顯的愛了。坐在副駕的小朋友真的也辛苦，但是，長大後還會不會記得爸爸為家裡所承擔的一切？

有一天當自己也開始承擔起責任，面臨到許多艱苦的挑戰和挫折，會不會也說一句：「我不辛苦啦！他們比較辛苦！」

一直以來，爸爸就是一個艱難的角色。

很久以前有一句廣告台詞是這麼說的：「我是當爸爸了之後，才開始學習當爸爸的。」沒有當爸爸之前，很難想像當一個爸爸要面對多少的問題。

「爸爸」這個名詞幾乎是所有責任綜合的總稱，在大部分的家庭裡，大到家中經濟來源，小到蟑螂出沒，無一不是爸爸的管轄範圍。面對各種生活中的挑戰和艱難，當爸爸的覺得自己不會累，當孩子的也覺得爸爸不會累。

很多年前，在孩子還小的時候，有一次開車帶著他們到宜蘭的太平山出遊。開心地玩了幾天以後，從宜蘭開車直奔回到南投。到家後，剛停好車，從睡夢中醒來的兒子說：「爸，我覺得很奇怪，為什麼我們坐很久的車都會想睡覺，可是你都不會想睡覺？」

「喔！對啊，等你以後長大當爸爸了，換你開車你也不會想睡覺。」兒子稚嫩的臉龐上有一點點的疑惑，卻也笑得很開心。

還有一次，女兒在幼稚園中班的時候，我因為趕製一批客戶的急單，徹夜未眠地拉坏，直到天亮後才終於把坏體都拉完。拖著疲憊的身體走進屋裡，癱坐在客廳的沙發上，準備上幼稚園的女兒從二樓走了下來，看到我坐在沙發上，她刻意走到我的面前：「爸，我要去讀書了喔！啊你要在這裡睡覺嗎？」

心想女兒果然就是爸爸前世的情人，如此體貼的問候立刻就讓我紅了眼眶，小小年紀就懂得體貼爸爸的辛苦，這樣的孩子怎能不惹人疼愛？

「沒關係，爸爸先在這裡坐一下，等一下就去樓上睡覺了。」

「不是啊！你看，我現在要去讀書了，然後我還要學跳舞、學英文和鋼琴，那你還不去賺錢，還要坐在這裡休息嗎？」

聽完女兒這番話，剛剛在眼眶裡打轉的眼淚瞬間蒸發。在女兒關愛的眼神下，我默默起身走回工作室，女兒也終於露出了滿意的笑容。

在孩子的眼中，爸爸的角色通常都是強壯的、勇敢的，爸爸是不會累的。但是，爸爸真的不會累嗎？是的，爸爸真的不會累！或者應該說，爸爸不會輕易説累。

不管是忙碌了一整天，在烈日下曬到脱皮，或是在客戶那裡受了氣、承受著各種職場上、生意上的壓力，開了很長時間的車、拖著一身疲累回到家，看到孩子熟睡的香甜臉龐，或是被叫了一聲「爸」以後，身體狀況就會像科幻電影裡的生化人一樣，啟動自我修復系統，立刻就不累了。

憶起在稻田裡和爸爸比賽競走

但也有例外，我知道我的爸爸也是會累的。

國三下學期末，為了準備聯考前的衝刺，我和幾個同學在補習班裡住了一小段時間，剛好撞上務農的家中最忙碌的收成期。排定稻子收割日期的前幾天，爸爸特別交代媽媽不能讓我知道。

「阿勝要考試了，讓他好好讀書就好，不用叫他回來幫忙。」

結果，我還是從經常說溜嘴的媽媽口中知道了稻子收割的日期，而向補習班請假回家幫忙。

爸爸看到我出現在田埂邊，驚訝地轉頭對媽媽說：「不是叫你不要跟兒子說，怎麼還讓他請假？」

「沒事啦！我們趕快搬一搬，我就可以回去上課了。」

當時的水稻收割機，不像現在可以直接收集起來再倒到貨車上，而是將稻子收割後裝成一袋、裝滿後就直接放在原地，需要人力一袋一袋扛到貨車上，是務農工作中最重的體力活。

於是，我和爸爸就各自走到田裡將一袋袋的稻穀扛在肩上，來回往返扛上貨車。炙熱的陽光將皮膚曬得刺痛，汗水早已將身上的衣服浸濕。轉頭看爸爸的腳步愈走愈快，我也開始加快自己的步伐，就像電影裡逐漸快轉的畫面，一對父子就這樣扛著稻穀在田裡「競走」了起來。好不容易收割完一區的稻穀，爸爸將肩上最後一包上了車後站在貨車旁等我。

「我們父子倆怎麼像笨蛋一樣？搬贏的人又沒有獎金，一趟比一趟快。再這樣下去，下一區還沒有搬完，我們兩個就都累癱了。」

我才突然意識到，爸爸怕我太累，所以走快點多扛幾包；而我也覺得自己長大了，不能讓爸爸頂著烈日搬這麼多的重物，也不知不覺地加快了腳步。

旁邊幫忙開貨車的司機聽完之後大笑：「我才在想說你們父子倆比贏的有獎金咧，一趟比一趟快！」聽完這段話，父子倆坐在田埂上大笑了起來。

我想，幾乎沒有一個爸爸會對孩子訴說自己的工作有多辛苦、自己有多累。就算累，一想到肩上的重擔絕不能落在孩子身上，只能自己扛，身上的那套自動修復系統便又開始啟動，用不了多長時間，就會恢復百分之百的能量。

小時候，總是跟著爸爸高大的影子走在田埂裡，有時還得小跑步才能跟上爸爸的步伐；偶爾跑得太急還會不小心跌進水田裡，全身沾滿汙泥，就像秦皇陵裡剛出土的兵馬俑似的，然後換來的就是爸爸的笑聲和媽媽的責罵。

長大後，不用再躲在爸爸的影子後，也不必再小跑步追趕。我知道我長大了，很多事情也學著自己承擔，也要開始分攤爸爸肩上的重擔。

現在，偶爾跟爸爸一起到田裡散步的時候，就像爸爸當年對我般，轉頭提醒爸爸要小心腳步、慢慢地走。走在相同的田埂上，從清晨到黃昏，從初春到暮秋，不一樣的是稻田裡的景色，不變的是父子之間的感情。

當爸爸是一輩子修習的課業

我很幸運有一個愛家、有責任感又疼小孩的爸爸。爸爸不管做得再多，嘴巴上永遠不會說累；就像媽媽常說的那一句「這個很好吃你多吃一點，我不愛吃」是一樣的道理。「不累」和「不愛吃」的原因只有一個，那就是對家庭和孩子的愛。

電視節目中一位來賓回憶起他與爸爸相處，他的爸爸從來不會對他提出過高的要求，因此在爸爸離開人世之後，面對爸爸的離開，他的心裡才沒有因為不能實現爸爸對他的期待，而感到任何愧疚或遺憾。

在我小時候，家裡經濟環境並不好。爸爸一個人兼了幾份工作才能辛苦撐起這個家，經常告誡我們要好好讀書才能出人頭地，最好能當個醫生或老師。求學時期，我的功課表現一直不太突出，醫生是不敢妄想、老師也不曾出現在我的人生規劃之中。

成立工作室之後，兼任了幾所學校的陶藝教學，不小心也變成了學生口中的「林老師」。有一次跟爸爸到家裡附近的土地公廟拜拜，遇到廟旁開雜貨店的婆婆，一邊點香一邊對爸爸說：「聽說你兒子現在退伍也娶老婆了，怎麼看他好像很常在家，有在上班嗎？」

「有啊！他在學校上班。」

「當工友喔？」

「是當老師啦！」

說這句話的時候，我看到爸爸的眼睛裡有光，臉上露出燦爛的微笑。

雖然我是不小心完成了爸爸對我的期待，卻也突然有了一種「揚名聲顯父母」的喜悅。

看著爸爸臉上的皺紋，和從年輕時就過度操勞而生的滿頭白髮，細想著爸爸為家裡所付出的一切，我期望自己也能做得像爸爸一樣好。**如何扮演好一個爸爸的角色，我還在努力的學習，也是需要用一輩子來修習的課業**。

「當爸爸會不會累？」

「爸爸永遠都不會累！」

綠豆粉粿

日本朋友來訪，想去看看傳統的台灣市場。於是帶著他們到南投的傳統市場逛了一圈，對他們來說，市場裡到處都是沒看過的有趣畫面。

南投市場百景

一個黝黑粗壯的男人，外衣套上一件女人的內衣，高高站在馬路中間的板凳上，搖擺著粗壯的腰圍，拿著大聲公高聲吆喝著：「來來來！買性感，賣風騷，少少的布料大大的功用，抓住老公的人，留住老公的心嘿。」路邊冒著熱蒸汽的大鐵桶，聞起來有點像中藥，猛一看烏漆嘛黑，裝的是傳統的燒仙草；街尾那一頭，一個男人右手拿著馬桶刷、用力敲擊著左手上的臉盆：「十元！十元！統統十元！裡面看，裡面挑，錯過今天要等明天。」

對日本朋友來說，一條小小街道行人左往右來擠得水泄不通，還不時有機車叭叭作響穿梭其中，空氣中混雜著蔬菜、鮮魚鮮肉和機車廢氣的複雜氣味，已是一種不可思議；迎面而來的豬肉攤上那一顆閉著眼、呲嘴微笑的大豬頭更是讓他們驚嚇不小。

一個婦人蹲坐在市場的入口處，前方板凳上放了兩個鋁製的水桶，裡面放著一包包繫著紅色塑膠細繩的塑膠袋。「新鮮每天現做喔！一包二十。」

「給我兩百。」我從皮夾裡掏出兩張百元鈔遞給婦人，轉身將綠豆粉粿交給日本朋友：「吃吃看，這是我小時候的味道。」朋友接過去之後，拿在手上看了許久：「這能吃嗎？看起來很像NuBra。」我看了看手上的綠豆粉粿：「是真的挺像的。」說罷大家開心地在路邊笑了起來。有趣的市場之旅，最後在一碗肉羹麵和一陣陣笑聲中劃下句點。

送走日本朋友後，我一個人拿出綠豆粉粿，細細品嚐，白色半透明的綠豆粉粿，小小圓圓的，淡淡的甜味中有一股微微的豆子香氣，感覺還是和童年時候吃的味道一樣。它是我小時候跟著外婆上市場時最期待的滋味。

外婆的綠豆粉粿

兒時記憶裡的外婆為了貼補家用，會利用空檔幫市場裡的人洗衣服賺取外快，每當外婆在水泵旁洗衣時，我喜歡站在旁邊幫外婆用力地壓水泵，每壓一次水泵上的木桿，水就會嘩啦啦地從水泵出口湧出，在那個沒有遊戲機的年代，陪著外婆洗衣服也是一件很有趣的事。我常常著急問外婆：「桶子裡的水要換了沒？要換了沒？水應該髒了吧？」外婆就會抬起頭笑著說：「你壓吧，就知道你愛玩。」

洗好衣服曬乾後，外婆會把不同店家的衣服摺好，個別放在一個個大大的籃子裡，再提著它們上市場分送衣服。我很喜歡跟著外婆一起到市場去，外婆知道我最害怕豬肉攤的肉味，總會買一包綠豆粉粿，叫我留在市場的入口處等她送完衣服。坐在市場的入口，耳朵聽著小販的各種叫賣聲，嘴巴裡一邊吃著甜甜的綠豆粉粿，一邊看著市場裡的人群和小販間反覆往來的討價還價。市場的人們臉上掛著豐富的表情，大聲討論著誰家的大小事，對小時候的我來說，這真是一件非常有趣的事。

上國中後，外婆早已不再幫人洗衣服了，但只要一放假，我還是喜歡陪著外婆一起到市場去——即使那裡仍有讓我害怕的豬肉攤肉味。明明是從小逛到大的市場，攤販的大叔大嬸們看到外婆都會說：「喔，你孫子這麼大了喔？真是好命。」走出市場，外婆還是會買幾包綠豆粉粿遞給我。我一邊吃著綠豆粉粿，一邊和外婆邊走邊聊，嬤孫倆慢慢穿過市場上的小攤走回家。

「等阿勝請我喝奶茶」

外婆喜歡喝奶茶，偶爾我們會在市場的一家小茶藝館裡一起喝奶茶。後來附近的商場又新開了一家茶藝館，聽說還有民歌演唱，雖然那已是民歌旋風的尾聲了，還是讓純樸的南投小鎮變得熱鬧起來。有一天，外婆說：「聽菜市場的人說，有一家新茶館的奶茶很好喝。」媽媽笑著跟外婆說：「有啊，你要請我們喝奶茶，我們才要帶你去。」外婆笑得很開心：「好啊，我們現在就去。」

茶藝館開在一個新設的商場三樓，二樓是保齡球場，從茶館的窗戶，可以看到二樓正在打球的人。茶館的中央，有一個木頭搭建的半圓形舞台，舞台的上方有一顆貼滿著鏡片的玻璃球，將光線散射在茶館的每一個角落。舞台上的歌手彈著吉他唱著一首首的民歌，我跟外婆說：「阿媽，我現在有在學吉他喔，等學會了就在這裡唱歌給你聽，換我請你喝奶茶。」外婆笑得眼睛都瞇成了一條縫：「好喔，我等阿勝賺錢請我喝奶茶。」

由外婆家出發，穿過廟埕從街的這一頭走到另一頭的這一段路上，從外婆牽著我的手，到我攙扶著她的手，在我青春漸長的歲月裡，不知不覺外婆也在這往復的時光中逐漸老去。漸漸地，外婆的身體狀況不若以往，在幾次進出醫院之後，住進了舅舅家裡。高一那年的夏天，在朋友的介紹下，我終於有機會到餐廳去試唱，也如願得到了在茶藝館排班登唱的機會，排定了九月一日開始正式登台演唱，我懷抱著興奮的心情期待著這一天的到來，迫不及待到舅舅家跟外婆分享這個好消息：「阿媽，我跟你說，我下個月要去那間有好喝奶茶的茶館唱歌了喔。我要開始賺錢了，這次換我請你喝奶茶！」外婆笑著說：「阿勝怎麼這麼棒，那我還要吃米血。」「當然沒問題。」

幾天後，外婆又住院了，我到醫院去看外婆：「阿媽，你要趕快好起來喔，你要來看我唱歌耶。」加護病房裡外婆用細細小小插著針管的手緊緊地抓著我說：「好啊，阿媽趕快好起來，要去看我們阿勝唱歌。」

外婆沒等到我唱歌

終於到了正式登台演唱的那一天，外婆還是沒能出院。我拿著吉他，帶著緊張的心情坐在台上，眼睛只敢盯著眼前的樂譜，完全不敢往台下看。店長看出了我的緊張，走過來對我說：「放心啦，大家都只顧著喝茶聊天，沒多少人在認真聽歌，反正有唱就好，唱錯了也沒人知道。」店長的話讓我安心了不少，環視了一下餐廳的客人，大家好像都真的只顧著認真地聊天。我按著台下送上來的點歌單一首一首地彈唱著，雖然僅有稀稀落落的掌聲，還是讓我的心情逐漸放鬆了下來。

接近下班時間，媽媽突然出現在茶藝館的櫃檯，跟裡面的人交談著，在我唱完歌的空檔，媽媽走到舞台旁跟我說：「快下班了吧？」「嗯，再一首歌就可以下班了。」「外婆今天凌晨走了。知道你今天要到餐廳唱歌，大家都不敢跟你說。外婆中午已經回到舅舅家了，唱完這首歌，收一收跟我去看外婆。」

突如其來的消息，瞬間感覺五雷轟頂，眼前的畫面突然模糊了起來。媽媽說：「我到樓下等你，收拾好了就下來。」我的雙手不斷地顫抖著，抖動的弧度大到連吉他都搖晃了起來，伸手接過服務生送過來的最後一首點歌單，幾個歪斜的字跡寫著〈外婆的澎湖灣〉。那一刻，我的眼淚忍不住飆了出來，雙手沉重到我連吉他都差點拿不住。強大的悲傷再也壓抑不住，趁著自己情緒崩潰之前，趕緊把吉他收到箱子裡，腦海裡不停迴盪著外婆笑著說「等著阿勝賺錢請喝奶茶」的模樣，和病床前握著我的手說要快快康復來看我唱歌的約定。下樓坐上媽媽的機車直奔

櫻花樹下的早餐

做陶這份工作最大的好處，就是時間上的完全自由。而在這樣的自由裡，最幸福的莫過於可以完全陪著自己的孩子成長。從牙牙學語一路到大學畢業，都可以隨時陪伴在孩子身旁。

早上載著孩子上學、下午接孩子下課，這樣的全時陪伴雖然自己覺得很幸福，卻也讓當時國小年紀的兒子脫口說出：「好羨慕那些每天自己走路上下課的同學喔！」這樣的一句話。

在櫻花樹下吃早餐

小孩上國中的時候，我也是每天開車接送他們上下課。有時孩子起床起得晚，我們就會買了早餐，將車子停在學校後方的球場旁一起吃完早餐，再讓他們進到學校去。

球場的圍牆內側，種著一排大約一層樓高的櫻花樹，雖然稱不上高大壯觀，但在三、四月花季的時候，還是會努力綻放著它的美麗。在花朵盛開的季節，我們就會在櫻花樹下一邊欣賞著櫻花的美景，一面享受著早晨片刻的美好。

而每天停在哪棵櫻花樹下吃早餐，是由女兒和兒子輪流決定的。通常是看櫻花樹的花況來決定，哪一棵樹的花開得多，就在那一棵樹下吃早點，成為我們的默契。

有一天，輪到兒子做決定。我放慢車速讓兒子慢慢挑選，走完了整段的「櫻花大道」，兒子還是沒能決定。兒子說：「已經都沒花了，那我們要怎麼選？」

我將車調了頭，對兒子說：「沒有花的時候我們就選葉子多的樹來欣賞啊！花不可能四季都開，人生也不可能隨時都有好事發生，爸爸媽媽也不可能一輩子都陪著你們，你們要學著在生活中找到讓自己快樂的支點。事情要多往好的地方看，在悲傷、難過、沮喪的時候欣賞花的美，當然也可以欣賞綠葉的生意盎然。」

兩個小孩聽完後都點頭微微地一笑，我想孩子們應該都懂了我想表達的寓意。

下車前，兒子忽然扭過頭對著我說：「爸，那如果我們心情不好的時候，連葉子都沒得看的話我們要看什麼？」

面對兒子突然的提問，一時之間我也答不出來。看著兩個小孩揹起書包下車走進校園，心想，是啊！如果連樹葉都沒有的話，我們要看什麼呢？

擺脫痛苦的方法

人生難免會有挫折，情緒難免也會有低潮。除非我們的內心足夠強大，否則我們如何帶著自己走過人生的低潮呢？但是面對自己的情緒，尤其是負面和悲傷，要如何能夠安撫自己，真的是一件不容易的事情。如果，我們無法單純地靠意志來抑制我們的悲傷和紓解緩我們的情緒，那有什麼東西是我們可以依靠的呢？

回到了工作室，坐在茶桌前燒了一壺水，為自己沖一碗茶，喝著茶、看著飄散的茶煙，慢慢思考著這個問題，想著兒子下課後該給他一個什麼樣的答案？

拿起手機點開網頁，搜尋了一下處理自我情緒的方法。長長的網頁上有著各種解答，答案還真是應有盡有、琳瑯滿目。心理專家的答案不外乎是運動、聽音樂、爬山、找人聊天，甚至是大哭一場，也有些建議藥物治療；瑜伽老師的答案是靜坐、冥想、調整呼吸；佛家的建議是抄寫經書、做功德、放生，是前世所欠今生應該歡喜接受、停止輪迴；神父的建議是翻讀聖經、呼喊聖名、虔誠禱告；音樂家的建議是聽一段自己喜歡的音樂、大聲唱歌；健身房的教練說是練拳、舉重、跳跳有氧……這些建議都很好，但還是不能幫我為兒子的問題找到適合的答案。

端起冒著熱煙的茶盞就口，或許是太專注於思考、忘了杯裡可是剛泡好的熱騰騰茶湯，一個不注意差點燙了自己的唇緣，下意識迅速地放下手中的茶盞——是呀！當身體遇上可能的傷害，生理會本能地抗拒危險發生。**心也是一樣的，低潮與恐懼來臨之時，我們是否也該自發性為自己設下第一道拒絕的防線？**

想起了一個很喜歡的故事。

有一個年輕人到寺院裡請求師父教他擺脫痛苦的方法。師父要年輕人到寺院裡打坐，傍晚時候進到禪房問年輕人：「你找到擺脫痛苦的方法了嗎？」年輕人搖搖頭，師父便一棒打在年輕人的身上。

年輕人覺得這是師父的教誨只好默默承受。接連著幾天，禪房裡上演著這相同的一幕。

又過了數日師父再問年輕人：「你找到擺脫痛苦的方法了嗎？」年輕人還是搖頭；正當師傅的棍子即將落下的時候，年輕人出手擋著棍子。

師父問：「你為何擋下我的棍子？」

年輕人答道：「師父，痛！」

師父笑著說：「你終於找到擺脫痛苦的方法了！」

面對一臉狐疑的年輕人，師父接著說：「**當痛苦降臨的時候，你要做的就是拒絕它。**」

在現實環境的壓力下，面對未來時或許會有太多的徬徨，而這樣的不確定性容易使人感到不安和憂慮。如果只是擔心或糾結，根本不能解決任何問題；唯有把握當下的每一刻，用正向的思考來面對生活中的許多大小難題。**當我們在心境上遭遇低潮，應該想辦法脫離當下的困境，拒絕痛苦和低迷的情緒留在我們的身上，再帶自己走出去看看。**

無數片段組成的人生

你我或許有過類似經驗，經過醫院的急診室，看到躺在病床上那些受病痛折磨的病人，和一旁焦急陪病的家屬，會覺得擁有健康的身體就應該感到很幸福；當對生活感到失望的時候，看見新生兒房那些稚嫩的臉龐，和隔著玻璃外充滿盼望和幸福笑容的家屬，就會覺得生活其實還是充滿希望。

我們都曾像那新生兒一樣，在家人的期待中帶著哭聲、懷揣著希望和夢想來到這個世界；也終會像那些臥床的患者一般，躺臥在病床，感嘆人生的無常，而在家人的悲泣陪伴下離開。

出生時我們別無選擇地只能哭，而離開的那一刻是帶著什麼樣的心情，卻是我們自己可以決定。

人生就是由無數的片段組成，一個人要想活成什麼樣子全憑自己選擇。努力過好每一個細小的階段，堆疊起來的人生就會是豐富多采的。五顏六色的絢麗雖然繽紛，長期下來也讓人覺得無趣也有壓力，偶爾的黑白黯淡反而讓人覺得平靜和放鬆。這一點一滴累積所構成的畫面，也才會協調和平衡。

偶爾的沉悶色彩，就像人生中不時有許多的難和過不去的坎。所有的一切也都會過去，但一如四季的更迭，不需要為了春天的逝去而傷心，嚴冬過後春天將再來臨。雖然我們沒有李白「千金散盡還復來」的豪情，但至少也應該努力培養「萬事再難終將盡」的信心。

再看著手中的茶盞，茶葉在盞中慢慢舒展，細想著一泡茶從栽種、採摘到製成，是經過多少人的付出和努力，才能成就出這一碗茶湯？正所謂「一日之所需，百工斯為備」。在我們的身邊有很多的人都懷抱著熱情努力的生活著，而每一張為自己的生活努力的臉孔，不就是最值得觀察和學習的嗎？

幸福需要被發現

我想，我找到了要給兒子的答案。

人生其實不需要將眼光只放在追求美好的事物；看看自己所擁有的一切，珍惜當下就會發覺自己其實很幸福。至少我們還有健康的身體，可以做著自己想做的事。美好的畫面給我們安慰，而那些蕭條的景象則提醒我們惜福知足。

滿團錦簇的花朵很好、生機蓬勃的綠葉很好，落葉凋零盡是禿枝的時候，我們也還有一雙可以看見世界的眼睛。看看那些待放的含苞、那些冒著新芽的樹梢、那些在枝頭歌唱的小鳥，面對生活中的難，所有的生命也都還在辛勤、奮力地活著。

活著，就應該惜福；活著，就會有希望。

摔壞作品的媽媽

前陣子接到一通電話，一位大四學生請我協助完成他的畢業製作，或許是因為時間緊迫，從電話那頭的聲音就可以感受到他的緊張。因為他們這組是後來才決定改變材質，距離發表之前剩餘可以製作的時間不多。心裡很想幫忙，但最近工作的排序太滿，已無法再臨時安排增加工作，於是便轉介給其他朋友。雖然沒有幫上忙，不過也因為這次的委託，讓我又想起了從前的一段往事。

大學生的畢業製作

當我還在學校裡兼課陶藝教學時，有一天傍晚下課回到工作室，媽媽說剛剛來了訪客，見我不在家，放了一些東西在工作室裡就離開了。一進門，看到桌上放了兩本大學畢業製作作品集、兩張卡片和一袋茶葉及餅乾。

一張卡片上寫著：「謝謝老師的幫忙，讓我們的畢業製作如期完成，也謝謝老師的故事讓我知道什麼才是最重要的。」

另一張卡片上寫著：「謝謝林老師的協助，您幫忙完成的不只是孩子的作品，更是給了我們最珍貴的禮物。」

那年的初春二月，新學期剛開始不久，有一個大學四年級的女生在媽媽的陪伴下來到工作室。

「我是設計系大四的學生，正在準備畢業製作，我們這組想要用陶瓷做為發表的主題，在學校老師的推薦下，我們想請林老師幫忙。」

打開圖紙，她對我講述想要呈現的理念、器型和釉色；對於很多相關的細節及製作過程，她們似乎也了解不多；剛好手邊的工作也告一段落，就答應了下來。

「我先幫你打樣吧！有實際的作品可以看著討論，能更清楚地知道是不是你們要的東西，或是可以再做調整。」

兩週之後，女孩在媽媽和同學的陪伴下再次來到工作室，看到打樣的作品高興不已。

「這就是我們想要的東西！可以再請老師就依此幫我們完成其他的配件嗎？但是因為還要做相關的報告資料，時間有點趕，再麻煩老師幫我們趕一下。」

「好呀！如果沒有需要再調整的地方，那就請你兩週後再來拿吧！」

兩個星期過去了，女孩的媽媽單獨來到工作室：「因為女兒和同學正忙著趕報告，今天沒辦法來，所以請我幫她把作品拿回去。」

仔細地檢查作品的細節和配件，確定沒有問題後，就把作品打包好讓這位媽媽帶回去。

弄壞作品的媽媽

幾天後，突然接到一通電話，電話中傳來的是那位媽媽的焦慮和沮喪：「老師，不好意思，我知道您很忙，但是上次的作品有幾件在搬運的過程中不小心被我弄壞了，女兒都急哭了，可以再麻煩您幫忙趕一下嗎？」

「那你先把作品帶過來工作室，我們討論一下，看看是哪一部分損壞，再來評估能不能及時完成，或是有其他的替代方案。」

隔天下午，女孩在媽媽的陪伴之下來到工作室。媽媽只是低著頭，一句話也沒說。

「我先看看是哪些作品吧！」

還沒等我講完，女孩已經不耐煩地看著媽媽說：「都是你害的啦！如果不是因為你弄壞作品，我們這一組就可以完成了！為什麼你就不能小心一點！都跟你說過幾次了！」

媽媽的頭垂得更低了，用很微弱的聲音說：「林老師不好意思，是我的錯，拜託你無論如何都要幫我們趕一下，不然我真的覺得很愧疚……」

不等媽媽說完，女孩又繼續說：「為什麼你都這麼粗心大意，如果來不及我看你怎麼辦！」

看著女孩氣得漲紅的臉和在茶桌前低著頭的媽媽，我知道女孩此刻憤怒的情緒，是對作品損壞的焦急，怕我不願再為她製作；加上面對同學和時間的壓力，所以將所有的情緒宣洩在最親近的媽媽身上。不過，這也讓我替那位媽媽感到委屈。

「你先不要著急，這個問題不大，我先幫忙趕一下，下週就可以過來拿。」

聽到這句話，女孩緊繃的臉上終於出現了笑意，媽媽也鬆了一口氣。

那時我一直在想，好像有個故事應該跟女孩分享。

又過了一個星期，女孩獨自來到工作室。

「媽媽今天沒空，我自己來。謝謝老師幫我們完成這次的畢業製作。」

「還生媽媽的氣嗎？」

「這幾天沒回家，也沒跟媽媽說話，但是沒那麼生氣了。」

「其實媽媽也不是故意的，作品不小心弄壞了，她比你更急，而且有很多東西比畢業製作更重要。作品壞了可以再做，但是傷了媽媽的心卻不一定有機會可以彌補。有時間嗎？再喝一泡茶，我跟你說一個朋友的故事。」

來不及說的抱歉

我有一個住在山上的朋友，當時跟女孩差不多的年紀，一樣為了畢業製作而努力。但因為爸爸在整理茶園的時候跌倒受了傷，家裡也需要幫忙，所以只好暫時回到家裡準備報告的資料。

有一天下午，媽媽跟他說：「你把換洗衣物拿到醫院去給弟弟，他照顧你爸，沒空回來拿衣服。」

「好，但是你不要動我的電腦，我的報告很重要，如果搞砸我就畢不了業了。」

朋友於是騎著機車，帶上媽媽交代的衣物就下山到醫院去了。

回到家後，發現電腦怎麼也動不了，低頭一看，是電腦的插頭被拔掉了。

朋友抓狂地大聲質問媽媽：「你是不是動我的電腦？」

對媽媽來說，開著的電腦就跟開著的電視或電風扇一樣，「我看你出去應該沒那麼快回來，那個電腦一直開著浪費電，我也不知道怎麼關，所以就先把插頭拔掉了。」

朋友聽完後幾近瘋狂地對媽媽咆哮：「我就是想回家幫忙，也找個安靜的地方做報告才會回來山上，你插頭一拔，我所有的努力都白費了！而且這不是我一個人的事，如果我畢不了業就是你害的！」說完便轉身收拾起電腦和行李，準備回到學校去。

放好行李後，媽媽拿著外套追了出來：「外面天氣冷，把外套穿上吧！」

「我不用你管，你再也不要管我的事情好嗎？」

說完便丟下一臉錯愕和滿心愧疚的媽媽，騎著機車揚長而去。

朋友因為賭氣，很多天不跟家裡聯絡，一心只想著趕快補回遺失的資料，完成手中的報告。有一天早上，朋友因為前一天熬夜沒去上課，還在睡覺時就被匆匆忙忙跑進寢室的同學叫醒。

「你電話都不接，趕快打電話回家，家裡出事了，你弟一直在找你。」撥通電話後，電話的那頭先是一陣哭聲，然後是一聲聲的責罵，「你到底在幹麼？電話都不接，媽媽走了你知道嗎？」

接到電話的當下，朋友突然一陣強烈的暈眩。「怎麼回事？媽不是好好的嗎？」

「早上要去採茶，結果車子翻覆，送到醫院時就已經沒有呼吸心跳了，你到底都在幹麼啦？」

「爸不是才剛出院，媽的腳在痛，為什麼還要去採茶？」

「媽說她把你的電腦弄壞了，會害你沒辦法畢業，所以早上要跟三嬸她們一起去採茶，加減賺一點，要再給你買新的電腦，看能不能彌補這個錯誤……」

其實，電腦並沒有壞，只是一些資料遺失了，當時隨口無心的一句話，原本只是想發洩自己的情緒，加深媽媽的愧疚感。但就是這樣的一句話，竟然造成了一生的遺憾。資料補回來了，但是媽媽永遠不在了！

告別式後，朋友對我講述了和媽媽爭吵及媽媽離開的過程。他腦海中浮現媽媽緊追在身後、叫他穿外套的身影，和一聲聲的叮嚀，而他只是頭也不回地離開；現在媽媽就這樣走了，他連一句道歉的話都來不及說。

人生就是這樣，有些當下看起來很嚴重的無心之失，過一段時間之後再看，也許沒有必要為它發那麼大的脾氣，甚至傷害了最愛我們的人。**我們總是以為永遠會有明天，卻不是每一次的錯誤都來得及道歉；很多事情錯過了就是一輩子，再也沒有任何機會去彌補。**

聽完這個故事，女孩拿起眼前的杯子，低頭默默喝了一口茶。許久之後才抬起頭，紅著眼眶對我說：「謝謝老師，我知道了。」

愛要及時

在李安的電影《少年Pi的奇幻漂流》中有一句台詞：「人生到頭來就是不斷地放下，但遺憾的是，我們卻來不及好好道別。」誰都不知道這一句道歉能不能帶到下輩子，下輩子還能不能遇到我們想要道歉的人；但可以確定的是，這樣的遺憾，一定會成為一生當中的痛。

父母對於孩子永遠都是無私的付出，這個世界上也只有父母是最希望看到孩子過得比自己好的。但是，子女對父母卻很難用相同的態度來面對；即使自己已經當了父母，知道當父母的不易和辛苦，但對自己孩子的愛往往還是高於對父母的關懷。

我們都知道自己的孩子喜歡什麼或不喜歡吃什麼，但卻很難回答出父母真正喜歡的是什麼。「這個我不喜歡吃，你多吃一點。」通常父母為了把最好的留給孩子，他們口中不喜歡的，可能都是孩子最喜歡的。如果仔細想，和對孩子的付出相比，其實對於父母所做的一切似乎都不夠用心。

雖然之後再也沒有遇過這個年輕的女孩子，甚至我已想不起她的名字，但是她低著頭喝茶許久沒有抬頭的那一幕，卻時時提醒著我一些事情。

隨著時光流逝，父母在我們生命中的比重變得愈來愈輕，在每個日升月落之中，我們能陪伴的機會也愈來愈少了。有時工作一忙加班到半夜才回家，看著空盪客廳裡爸媽為自己留著的那盞燈，都會告訴自己，是否該多花一點時間陪陪父母，不要等到遺憾發生了才徒留後悔。

有空多和父母聊聊，哪怕我們的生活圈早已不再重疊，面對前方的岔路，他們也無法像衛星導航般提供我們最正確、快速的路徑，甚至也無法理解我們正在做的許多事情；但適時分享路上所看到的風景，就能讓他們感受到子女的愛和關心。

藍色稀飯

小文原本和我約定好要來拿茶具，突然收到她的訊息：「我要提前回台北了，下次回來有空再找你喝茶。」接著傳來一張照片，一碗濃稠藍色的不明物體映在眼前，小文說：「你猜猜這是什麼？」

我拿著手機反覆地觀看，還是無法理解這畫面中的濃稠物是什麼。

「我媽的早餐！」小文說。

「早餐？這到底是什麼東西呀？看起來好可怕！」

「蝶豆花稀飯！鄰居送的蝶豆花，我媽說物盡其用。你一定無法想像，我媽的配菜是什麼，幾顆龍眼！昨晚我又偷偷幫我媽清了冰箱，丟了幾包不知道放了多久的食物。你也知道她的火爆個性，她一早起來，打開冰箱後就對我大發脾氣，現在要趕我回去，說我回來只會影響她的生活。我從我媽身上看到太多可怕的事情，每次回來我都告訴自己，一定不要把自己的生活過成這個樣子……雖然知道她省吃儉用是為了不想給子女帶來負擔，而且每次回來就硬要塞給我們一些錢，不拿的話她也會發脾氣。但是用這樣幾近自虐的方式來表達愛，無形中帶給身邊的人太多的壓力，也太辛苦了……」

我「不要」成為那個樣子

已經數不清這是小文和媽媽第幾次因為類似的事情而鬧得不愉快了。每次從台北回來，總是充滿期待地拎著大包小包禮物乘興而來，然後滿腹委屈地帶著低迷的情緒敗興而歸。

小文說：「沒辦法，我真的無法忍受我媽這樣虐待自己，而我大約是遺傳了我媽一言九『頂』的個性，有什麼不開心的，我一定要說出來。」

即使生活在同一個屋簷下，但成長過程的經歷不同，立場和想法當然也不一樣，從自己的角度出發，永遠也無法理解，更遑論要企圖改變對方了。雙方各持己見的單向思考，就像兩輛不斷行駛在相同軌道上的對向車，如果都不願意調整，碰撞之後繞了一圈，也只會是無止境地循環撞擊，甚至毀滅。

我們可以從身邊朋友說話的語氣來判斷他是哪裡人，北部、中部、南部、海口，甚至離島或原住民，大家都有著各自不同的口音。當我們認為別人講話帶著某種口音的同時，卻從來不覺得自己或同鄉的人有口音。因為，問題永遠都在別人身上，就像原生家庭的影響是非常不易察覺的。

在一個家庭當中，我們總能從他人的身上，看到許多我們無法理解或認同的行為，但是卻很難在當下即時反思自己是否也有著相同的行徑？

那些寫在基因裡的密碼此刻沒有被察覺，或許只是因為症狀輕微，隨著年紀增長和生活壓力的輾壓，潛移默化下被塑形的隱性個性就像蘸了檸檬汁的白紙，看似別無兩樣，遇上了高溫高壓，就開始不受控制地逐漸浮現。有時會聽到：「我以後才不會成為像我爸爸那麼不負責任的人。」或是：「我將來才不會成為像我媽媽那樣虐待自己的人。」但卻沒有發現，自己其實也正一步步地將生活過成自己最不喜歡的樣子。

有時，我們竟也在無意識的過程中，用相同的方式處理著所遭遇的相同問題。如此一來，要如何能夠期待在相同的對應之下產生與之不同的結果？真正能夠改變的方式，應該是堅定地告訴自己：「我不要成為那個樣子。」因為：「不會」是一種心理的僥倖，「不要」則是一種堅定改變的意志。

「選擇」決定命運

在堅定地對自己說出「不要」之前，更重要的是要能覺察到問題的所在。**都說個性決定了一個人的命運，更多的時候，其實是「選擇」決定了命運。**我們無法選擇自己的父母，也無法決定出生在什麼樣的環境，但是可以決定自己成為什麼樣的人、過什麼樣的生活。貧窮的思維造就貧窮的延續，狹隘的眼界限制觀察的視角，悲觀的態度鋪陳悲劇的人生，錯誤的飲食習慣形成了健康的負擔，犀利的言詞阻絕了人際的開展。種種的行為表現和累積，決定了一個人的人生發展路徑。很多人將自己婚姻、事業、人際上的失敗，歸咎在自己的家庭環境，卻忽略了環境雖然不好，自己卻可以選擇成為更好的人。

有一句話說：「厄運專挑苦命人。」為什麼厄運就專挑苦命人？難道上天就真的如此不公？貧窮的家庭就只能永遠的貧窮，不幸的人就真的只會更不幸？苦命人說：「萬般皆是命，半點不由人。」但造成這個結果更重要的原因，不應該都歸給所謂的命定，而更應該是消極的人無法改變負面的思維。難道是這些所謂的苦命人不願意改變？其實倒也不是，而是因為沒有意識到自己身上存在著這些造成苦命的思維。

在社會新聞的版面上，犯錯的人說：「因為我來自一個不健全的家庭。」一對夫妻在離婚時埋怨：「因為我父母的婚姻也充滿問題。」一個企業家在投資失敗之後感嘆：「都是我誤交損友。」而這一切的一切，歸根究柢，其實不都是自己的選擇？選擇了用直覺的方式來過自己的生活。先天不良成為後天失利的藉口，對於自身的問題一直以來都無法覺察或是選擇了「視而不見」。不願從先前的歷史中記取教訓，不願自我調整或修正，只在自己堅定的個性中執著，期待著世界為自己而改變，再將一切失敗的結果統統推得一乾二淨，而這就是一種不對自己負責的態度。這樣的人生又要如何迎來幸福？

以心為鏡反觀自我

中秋節前，小文打來電話：「中秋節快到了，我工作忙加上我媽情緒也不穩定，就不回去了。可以幫我買盒月餅給我媽嗎？她很喜歡吃，但一定捨不得買。」

帶著月餅來到小文家，說明了小文工作忙要我來送月餅。小文的媽媽紅著眼眶說：「我這個女兒個性我最知道，因為她和我最像，所以我才會偶爾對她發脾氣。我也知道她都是為我好，但是我還有退休金啊，我就是不喜歡她每次回來就大包小包，她賺錢也不容易……反正這麼多年了，我吃這些也沒什麼毛病，幹麼亂丟我的東西？」

電話那頭，小文說：「我也知道我媽疼我，但我媽年紀這麼大了，個性還是這麼要強，脾氣還是這麼暴躁，那她年輕時還得了？也難怪我爸會受不了而離婚。看著我媽的反應和回話，我都會時常地告誡自己，這樣的方式和態度會帶給身邊的人多大的壓力和不愉快。千萬不要變成這樣的人……」

小文的媽媽沒有錯，她有權選擇自己想要的生活模式和疼惜子女的方式。快不快樂、幸不幸福也無法由他人來為她界定。但這是小文從媽媽身上看到的自我覺察和修正，懂得為追求幸福而自我修正的人是有智慧的。改變的過程是痛苦的，但是不改變的結果，卻很可能是永遠的痛苦。個性上的缺陷人人都有，身而為人就一定會有做為一個人的習性和問題。在生活中遇到痛苦時，也應該觀察、反省自己是否也有著相同令人感到痛苦的問題？原生環境所遭遇的挫折或苦痛不應該是生生世世無限循環的原罪，更應該是一套反面教材的良師。

我們毋須刻意為了任何人而改變，但須時時警惕，以心為鏡反觀自我，看看別人，想想自己。不要讓那些失敗的種種原因，或讓人不舒服的狀

聽到工作室門外停車的聲音，小娟拿著剛剛出窯的碗跑向媽媽：「你看，這是我自己做的碗，還熱熱的喔，剛從窯裡拿出來的，是不是很好看？我也有幫你做一個喔。」媽媽接過她手中的碗：「也拿去給爸爸看看。」「好。」小娟說著又快速轉身拿著碗走向爸爸。

小娟的媽媽紅著眼眶，用略微顫抖的聲音對我說：「林老師，謝謝你，小娟已經好久好久沒有主動跟我說話了。看著她這麼開心的表情，早知道應該早點帶她來學陶的，我都不知道原來她這麼喜歡。」

不一樣

一對一的開課請求

半年前，小娟開始到工作室學陶。一個夏日的傍晚，我剛做完一批碗，正準備坐下來休息喝一泡茶，工作室門口突然來了一輛豪華轎車，一對穿著入時的夫妻走進工作室：「請問是林老師嗎？我們是蕭老師介紹的，想帶我女兒來跟您學陶。」我向坐在茶桌前的夫妻講解了大概的課程內容和上課方式，先生喝了一口茶，沉思了幾秒鐘說：「老師，我可不可以請您幫我們開一對一教學的班？學費不是問題，我們可以比照您一堂課的費用全額給付，但是只教一個學生就好。」「如果您是擔心有其他學員一起上課，分配到的指導時間太少，或進度跟不上的話就請您放心，因為拉坏的練習其實比我的指導更重要，我也一直都在教室裡看著，而且每個學員想學的東西都不一樣，所以大家的進度也都不同，不影響的。」

聽完我的話，夫妻倆對視了一下，「你去帶女兒下來吧。」先生嘆了一口氣繼續說：「林老師，其實是我女兒想學陶，但她不習慣和陌生人相處，人多的場合她容易緊張，所以才想和老師商量，為她開堂一對一的教學。」

第一次看到小娟，齊肩的短髮，厚厚的鏡片彷彿承載沉重的壓力。低頭時，從滑落的眼鏡支腳下露出鼻梁上被壓出的兩個小小紅色印記，沉重到把她的眉頭也壓得低低的，一條寬鬆的牛仔褲，更顯出身形的瘦弱；沒有什麼表情的臉龐只是微微點了點頭，坐在茶桌前安靜地喝了兩杯茶，起身就走到旁邊看陳列架上的作品。小娟的媽媽低聲說：「小娟以前不是這樣的，但是這幾年不知道為什麼，愈來愈不愛講話，也都不喜歡出門，對任何事情都沒有興趣。前幾天突然跟我們說想學拉坏，所以才在蕭老師的介紹下來找您。」媽媽轉頭看了一眼蹲在角落看作品的小娟，接著說：「和小娟同年紀的親戚，表哥、表弟、堂姊都考上了醫學院或法學院，她一直沒能考上理想中的學校，這幾年就這樣，愈來愈不喜歡跟大家交流，話也不多，難得她開口想學點課程，請老師幫幫忙。」

看了看小娟，我覺得還是應該試著讓她跟大家交流，於是對眼前的父母提議：「我現在每一堂課都是滿的，還要接單創作，已經沒有多餘的時間可以挪用，不如先試試看讓她跟大家一起上課？如果她還是不能適應，再來討論怎麼調整。」課程開始前，我也特別提醒其他學員有一個害羞的同學要來上課，大家再多主動跟她互動。

從害羞到自在

小娟剛走進教室，有點不知所措，我安排她坐在角落的位置。「有比較想做的作品方向嗎？花器或是餐具之類的？」「我想做自己吃飯的碗。」小娟淡淡地說，臉上並沒有其他學員剛來上課時的興奮感。在那段學習的日子裡，大家都會主動關心小娟的上課情形，漸漸地，小娟也開始和大家有了互動，臉上也開始出現淺淺的笑容。

一次修坏的時候，小娟因為固定坏體的土塊沒有壓好，情急之下又深踩了踏板，整個碗飛摔在地上，大家都被這突來的聲響嚇了一跳，安靜了幾秒之後，小娟放聲大笑，教室裡的學員也都跟著大笑了起來。從那天開始，小娟跟大家的互動更顯熱絡了，每次都會提前到教室，和大家一起準備上課用的材料和工具；其他學員偶爾會在課後分享帶來的小點心，整個上課氛圍也變得熱鬧無比。

接下來的一年裡，小娟每次都在爸媽的接送下認真地學習，對於拉坏技巧也愈來愈熟練，一些基本型的作品也都可以完成了。偶爾在等待學員收拾教室的時間，我也會和小娟媽媽聊起她上課後的變化，「小娟在這裡雖然和大家互動還不錯，但回到家裡卻還是不太愛講話，很少主動開口。」媽媽說：「不知道為什麼，我們其實也沒有給孩子什麼壓力呀，對他們的要求也都只是最基本的，像小娟的哥哥和弟弟就不需要我們操心，成績很好，和同學也都相處得很融洽，唯獨小娟就是跟大家『不一樣』。」聽完小娟媽媽的話，我突然覺得好像可以理解小娟為什麼會愈來愈封閉自己。**做為父母的我們或許自認不會給孩子壓力，但對於孩子的期望，卻可能在無意之中透露出來。**和親友閒聊之間幾句無心的話、一個羨慕的眼神，都可能會讓孩子覺得應該要跟別人「一樣」，不知不覺間，壓力的種子就在心中發芽，悄悄地紮根、蔓延。

但是，**在這個世界上，每個人本來就都是獨特的存在個體，個性不同、天賦不同、興趣不同、際遇不同，我們如何期待在某一個標準上表現都一樣？**

就像春天雖然是百花盛開的季節，但我們不能期待所有的花都在春天綻放，春天的花有其各自的香氣，夏天的花也有其他季節裡的花所沒有的姿態；在天空中自由翱翔的鳥，再努力也無法像魚一樣在水裡悠游；

透明的玻璃再如何加工打磨，也不可能像鑽石一樣閃耀。

不一樣，才有不一樣的快樂

在我的教室裡，每個人學習的目的不同，投入的時間也不一樣，學習進度、表現本來就不一樣，但沒有好壞、高低之分，就只是「不一樣」。我會盡可能地為每個學員安排不同的進度和課程，除了基本的要求之外，讓大家都能隨心所欲地做出自己想要的作品。想做茶具的，可以認真地做茶壺和杯子，想做花器的，除了拉坏偶爾也能做做陶板。讓大家隨著自己的心意在最沒有壓力的情形下學習，也一起在文化局的展示館辦過幾次師生聯展，參與作品展出的每個人都是主角，創作的過程只要自己喜歡，無須在乎是否讓誰滿意。

在人生每個不同的階段，我們對身邊的人或自己都有著大小不同的期待和目標，努力追求一種和別人一樣的美好生活或光環，拚命想成為別人眼中滿分的自己。但所有豐收的背後，常常是外人感受不到的壓力和辛勤的付出，更重要的是，**埋頭苦苦追趕的同時，我們可曾問問自己是否具有相近的天性和稟賦？驅使腳步邁進的，究竟是自己發自內心的渴望，或者只是為了滿足別人的高度期待？**一件此刻覺得重要和努力追求的事，多年後再回過頭看，也許會覺得只是微不足道的小事，不過是人生旅途中一幕短暫嚮往的風景。而為了這些追求所付出的代價，將會是令人遺憾的種種嘆息；人生往往在不經意的時候才發現，原來生命中最重要的，是那些被我們所忽略的事物。對別人或對自己過度追求和期待，或多或少都會是一種傷害。

為了整體產能和工作室的方向，好讓我全心投入到作品的創作之中，工作室決定購入更多的設備和調整工作空間，因而停止了一切的教學課程。多年後，在路上巧遇小娟，她的話依然不多，只有簡單的問候，眉宇之間又恢復成與她初見時的淡淡憂愁。回想起最後一堂課結束時，小娟的爸媽從小娟的手上接過剛剛出窯的碗盤，小娟的臉上是孩子般陽光燦爛的笑容，而小娟的爸媽則都是紅著眼眶地微笑著。

也許，適時給孩子多點鼓勵和順向的引導，就能讓這個不一樣的世界，多一點不一樣的快樂和成就。

黑色的玫瑰花

十幾年前，我曾接了一個市公所舉辦的親子暑期陶藝夏令營，開放二十組親子一起參加。報名的情況非常踴躍，才開放報名不久就已經額滿了。

來報名的有很多不同的組合，有爸爸媽媽帶著小朋友，也有爺爺奶奶陪著孫子一起來上課的。因為是初階的親子班，所以排定的課程也相對輕鬆，盡量以促進親子交流及認識南投陶為主；在為期十二堂的課程中，有一堂課令我印象非常深刻。

兒童創作的天馬行空

那是一個炎熱的週末，在市公所的禮堂上課，當天課程的內容是陶盤圖騰彩繪。課程幫每一組學員準備了一個盤子和彩繪用的顏料，簡單地講解之後，便將材料發給大家。小朋友拿到材料後，在盤子上開心地用鉛筆畫出自己想要的圖案，然後再用水彩筆沾上色釉幫圖案畫上顏色。

兒童創作有別於大人教學班，是一種不受拘束的美感，樂趣就在於他們天馬行空的想像力。課堂上，孩子們在陶盤中自由奔放地揮灑著創意。於是，盤子上有手長腳長不成比例的小貓、長得很像長頸鹿的大象、有翅膀飛翔著的烏龜，更有很多隻手的猴子。小朋友說：「因為有很多隻手，猴媽媽爬樹的時候也能緊緊抱住小猴子，這樣小猴子才不會從樹上掉下來。」

我發現，那堂課上陪著孫子前來參加課程的爺爺奶奶總是帶著笑意，鼓勵孩子們創造出獨一無二的「曠世鉅作」。在他們眼中，無論是七彩的大熊貓，或是粉紅色的山羊都是世界上第一名的作品，他們願意給孩子更大的學習空間和表現的機會，也樂見孩子們做自己的畢卡索。也許有人會說，那是因為爺爺奶奶寵溺孩子，但是長輩的智慧也提醒著我們：人生歷練多了，就會知道人活著開心、健康最重要。

偶爾有些在教室裡追逐、把桌子當成畫布塗的孩子，雖然令人感到頭痛，但他們臉上燦爛的笑容卻是讓人羨慕的。因為隨著年紀的增長，生活上的重擔和工作上的壓力，成人的世界裡愈來愈不容易為了簡單的快樂而開懷大笑。

一個孩子不顧奶奶的勸阻，不停將彩繪的瓷板當成車子在桌上滑來滑去，奶奶沒有強硬禁止，只是在口頭上說：「這樣不可以喔！」「啊，這樣會壞掉喔！」「欸，怎麼講不聽……」然後，結果必然就是：「你看，壞掉了啦，這樣對老師很不好意ㄙㄨˋ，你去問問看老師可不可以再給你一個盤子？」

孩子天真笑著：「沒關係啦！這樣打破裂成兩半，我就變成有兩個盤子了。」

除了教導孩子生活的規矩、傳授學業上的知識，更重要的是不忘培養孩子擁有一顆熱忱的心、真誠的態度，和面對困難時仍能微笑以對的能量。

做一個真正的人

以前，老師傅常掛在嘴上的一句話：「要做事先學做人。」「做事」是一種能力，「做人」則是一種態度。是要學習做好與人之間的良好溝通與互動，建立良好的關係，但不是用各種花言巧語、逢迎拍馬的態度去迎合他人。

對於「做人」，我則另有一番見解，我們更應該是「做一個真正的人」。**什麼是真正的人？真正的人與機器人不同，對人有愛、對生活有感，會哭、會笑、會感動，有思想、會適時表達內心的感受和想法。**

課堂中我拿著麥克風在桌子的旁邊來回遊走，看到有趣的圖畫就會立刻介紹給大家。孩子通常也會因為受到鼓勵，更加認真在盤子上塗鴉。當我走到禮堂中間的時候，在一片歡笑聲中，突然聽到後面有一個媽媽正用嚴厲的口氣責罵著一個綁著辮子的小女孩：

「為什麼都講不聽，這裡明明就有這麼多漂亮的顏色，為什麼一定要選黑色呢？你看對面小朋友的花和蝴蝶這麼漂亮，你為什麼就是講不聽！」

小女孩收起笑容，停下手中的筆，默默看了一下對面小朋友的蝴蝶，又默默低下了頭。在媽媽的責罵聲中，小女孩開始紅了眼眶，眼淚就在眼眶裡打轉。媽媽急急忙忙搶過孩子手上的畫筆，「你有看過黑色的玫瑰花嗎？為什麼你都要跟別人不一樣呢？講都講不聽！」

看到這一幕，我再也忍不住衝動，上前想勸勸那位媽媽。正當我準備請家長們多給孩子一點自由發揮空間的時候，突然聽到「啪！」的一聲，響亮的一記耳光就落在小女孩稚嫩的臉龐。也許是習慣了媽媽的責打，或是因為現場有許多陌生人，小女孩只是用手摀著臉，默默地低下頭，並沒有放聲大哭。

媽媽突如其來的舉動，驚擾到同桌的學員，課堂氣氛也突然變得有些尷尬。我停下腳步，轉身走回講台前，對大家說：「各位家長，這個世界就是因為擁有各種不同的顏色才會如此繽紛、美麗，尊重每個小朋友的想像力，請讓孩子自由發揮，玩得開心最重要。」

現場凝結的氣氛和同桌學員關注的眼光，讓那位媽媽冷靜了下來，將畫筆遞回給小女孩。接過畫筆後，孩子的臉上已經不再有原來的笑容，面對眼前的各色顏料也變得猶豫了起來。

「畫呀！你不是喜歡黑色？繼續畫啊！」

小女孩紅著眼眶畫完了那朵黑色的玫瑰花。

當時的我想要平復一下小女孩的情緒，也試著給她一些鼓勵，拿起麥克風向大家介紹了小女孩的創意；雖然教室裡響起了一片掌聲，但小女孩的臉上卻如同那朵盤子上的黑玫瑰，原本應該如墨玉般亮麗，此刻卻變得像一根木炭般的乾枯。創作本來應該是一件快樂的事，作品也才能散發出光芒，此刻的小女孩卻像洩了氣的氣球，她筆下的玫瑰也和她一樣沒有了生氣。

小孩的顛倒鏡

在這個科技發達的時代，愈來愈多父母選擇聘雇「3C保姆」，孩子哭鬧的時候就給予手機或平板電腦，只要孩子乖乖的、不吵不鬧就好；這樣的舉動雖然短暫解決了問題，但我們是否想過這其中隱藏著很大的危機？

當下不吵不鬧的孩子，並不代表得到了安撫，而是情緒受到了轉移。長此以往，孩子變得容易受環境影響，愈來愈無法專注，漸漸失去想像的超能力。當所有的孩子都被如此對待，就如同溫室裡水耕的植物，全部給予相同的日照和養分，所養出來的孩子，就猶如齊頭且均值、刻印般的複製品，完全失去了自己獨有的姿態。

而孩子從小對於電子產品產生的依賴，會慢慢導致他們對於外在世界的感知愈來愈麻痺，甚至沉浸在虛擬的世界裡。長大後習慣透過文字訊息與朋友交流，孤獨感變得愈來愈重，希望感愈來愈低。這樣一個個在樣板下打造的孩子，我們如何能夠期待他們有創意並快樂地活出自己？

每個生命都有其存在的價值和意義，所有的創意也應獲得相對的尊重和珍惜。哪怕只是一個孩子漫無邊際天馬行空的想像，大人可以不喜歡，但我們無權、也不該立刻直接扼殺孩子的創意，更何況還是用如此激烈的手段來對孩子造成衝擊。

當大人用固化的腦袋去看孩子的世界，會發現有太多的不合理，卻忘了曾經還是孩子年紀的我們，也曾用顛倒鏡看這有趣的世界。一隻頭長在屁股上的狗，其實只是因為小狗回了頭；一隻長了很多翅膀的老鷹，其實是因為牠正揮動著翅膀；一條在馬路上跑步的魚，是因為牠正在夢裡跑馬拉松……。正是因為孩子的想像激發了這些不合理，才讓未來的世界有著無限的可能。

小孩不是大人，心理上、生理上都和大人有著非常大的不同；並不是把小孩放大就是大人，也不是把大人的世界縮小，孩子就能理解。大人無心的舉動或是一時情緒的發洩，可能都會永遠限制了孩子創意和想像力繼續發展的可能。當我們年紀漸長、生活壓力逐漸變大，漸漸忘記了自己童年時的回憶，也慢慢遺忘了那些生活中簡單的美好。

一朵黑色的玫瑰花

一朵黑色的玫瑰花或許不切實際，也不合理。但是在著急地否定不合常理的創意之前，或許我們能先試著傾聽與了解孩子心裡的想法，和一朵黑色玫瑰對他的意義。哪怕背後並沒有任何的答案，只是依據單純的「我喜歡」，那又有什麼關係呢？

孩子的人生是屬於他們自己的，他們有權選擇自己喜歡的東西，我們能夠做的也只是陪他們走上一段，終究還是要放手讓他們獨自面對世界。在孩子成長過程需要保護的階段，我們有責任引領他們找到適合自己的路，但也應該只是建議，而不是強迫孩子接受。

我們誰都無法對另一個人的生命負責，也沒有義務一輩子背負著任何人的期待走在人生的路上，因為這太沉重，誰都無法背負著超越自己生命的重量遠行。

一個巴掌落下之後，粉碎的不僅是孩子的笑容，更是孩子的自信、創意和人際關係。如果有一天，當你的孩子也畫起了他生命中的黑色玫瑰，請不要急著否定，更不要落下巴掌，給孩子也給自己一個機會；這是他們的人生，他們有權自己選擇想要的道路。

一朵黑色的玫瑰也有機會在他們的生命中，綻放得像鑽石一樣閃亮、耀眼！

眼前這個皮膚黝黑、身材壯碩的男人，用手抓起一把稻草，丟進架著高腳的烤台裡，烤網上瞬間冒起一陣陣的白煙，接著他豪邁地徒手抓起一大塊肉反覆燒烤著。「只用稻草可以把這麼大一塊肉烤熟嗎？」我好奇問。「沒有要烤熟啊，我只是在燻味道。」男子說完這句話就沒有再繼續回答。「你怎麼會用手抓肉啊？不燙嗎？」他歪了一下頭說：「不會啊，我們原住民都這樣烤的捏。」「那你們餐廳叫什麼名字？在哪裡

什麼樣的餐廳

啊？」我再一次忍不住好奇地問。「喔，我們餐廳在屏東啊，霧台鄉。叫AKAME，就是魯凱族語『烤』的意思。」男人一邊抓著手上的肉翻面一邊用濃濃的原住民腔調說。「那是一家什麼樣的餐廳呀？」他睜大了眼睛向旁邊瞟了一下，「什麼樣的餐廳？我也不知道我們是什麼樣的餐廳。是什麼樣的餐廳這個問題，應該是客人吃完以後告訴我們的，客人說我們是什麼樣的餐廳，我們就是什麼樣的餐廳啊！」

這就是我在第一屆「野臺繫餐會」臨時搭建的廚房裡，與AKAME主廚Alex見面的情景，後來我才知道這是一家很有名的餐廳。現在更是被譽為南台灣最難訂位的餐廳，一堆老饕擠破頭還是不得其門而入，常常是一開放訂位系統，立刻就秒殺的狀態。而我也是在一次次合作的對談中才明白，為什麼一家位在遙遠部落的餐廳會讓大家如此趨之若鶩。

盡己本分

這幾年，有許多朋友知道我和AKAME有訂製餐具上的合作，有時會委託我是否能幫忙訂位。一開始，我也會試著代訂；但幾次下來，Alex依然堅持要他們上網訂位。之後我也就委婉拒絕朋友們的詢問，請他們直接上網。一次用完餐後，我開口提問：「那些託我訂位的朋友，很多都是企業的大老闆，手上也握有各方面的資源，為什麼不給他們一點方便？或許他們會給你帶來更多的幫助。」Alex舉起酒杯喝了一口笑著說：「他們本來就是老闆，但不是我的客人啊！我只要照顧好我的客人，想吃，他們就應該想辦法上網訂位呀！要不然那些半夜守在電腦前面訂位的人要怎麼辦？」

我想，這才是讓一家餐廳一直受歡迎的原因。

很多的人或餐廳，當累積了一定的地位或人氣之後，便開始想著怎麼做才會對自己最有利，然而**要始終保持著剛剛接觸料理時的態度，平等看待所有客人，是一件非常不容易的事情。**

「我們是一家什麼樣的餐廳，應該是你吃完了再來告訴我」，或許就是這樣的態度，讓品牌經營可以走來始終如一。無論何種料理，當一個料理人全心意將所有的精力都放在與料理相關的事物上，他手中所做出的料理無須過多包裝，就能展現自己的特色，也會吸引更多人來品嚐。

在現今這個網路、自媒體發達的時代，若不專心致力於自己本分所該努力的事，反而是透過各種話題的營造，或大量的曝光來宣傳，追求流量與聲望，那無疑就像兒時所聽過故事裡那隻愛吹牛的青蛙，用盡一切力氣，除了漲破自己的肚皮和惹來他人的訕笑，什麼好處也得不到。

好比一隻站在枝頭的小鳥，放聲高歌的時候，牠只需要盡其所能把最美的歌聲傳達出來，那些聽到歌聲、喜歡這悅耳歌聲的同類，自然會聚集在樹枝上一起傾聽。倘若牠不認真將自己的歌聲表現出來，而只是不斷地籌謀著如何讓更多同類聽到牠的歌聲，終日在森林裡的枝頭亂竄，將所有體力都浪費在穿梭往返，原本能在樹林裡縈繞的優美歌聲，到最後也會因為不斷浪費力氣，而失去了能被多加認識的機會。如果牠這時候還不知反省，只會抱怨這個世界沒有人能夠理解牠，那麼被世人忽略與遺忘，也是早晚的事情。

別人眼中的自己

人雖是群居的動物，卻也不可能得到世上所有人的認同。所謂「物以類聚，人以群分」，有人喜歡的，也會有人討厭；有人高聲讚揚，也必定有人低聲毀謗。**但我們要在乎的，不是別人的眼光如何看待，而是盡力將自己應盡的本分做好。自吹自擂的人看似自信爆棚，但更多時候卻是自卑感作祟。**

生活中也曾有過類似的經驗，很多人一開口就說：「你知道我是誰嗎？」深怕別人不知道他的社會地位，或在某個專業領域受到多大的尊崇。但他們始終不會明白的是，**自己是什麼樣的角色並不重要，重點是在別人的眼中是什麼樣的存在**。

在一次餐敘中，大家都喝了點酒，中場一位大師蒞臨現場，席上的朋友開玩笑地說了幾句話，一位朋友立刻回應：「欸，你怎麼可以這樣講話，他是大師耶！」聽到這句話，另一個朋友馬上接著說：「大師？我心裡如果尊重你，你就是大師；我不尊重你，你就什麼也不是。」當下的氣氛雖然有些尷尬，但很快地便有其他朋友起身來打圓場。

的確，即使自認地位再高，一個不受人尊重的人，對他人而言便一點價值也沒有。很多剛從學校畢業的學生，投入做陶工作沒多久，便開始自稱為陶藝家或藝術家；剛剛進入公司的新鮮人就說自己是設計師，還有人必稱自己是某某老師。自古以「謙」為貴，但現在的社會，似乎一定要用這種為自己壯大聲勢的方法來自我催眠，才有信心在江湖立足。

於是，名片上的頭銜愈來愈多、職位愈來愈高，哪怕是兩三人的公司，也得在自己的名字前面加上幾個耀眼的英文字母ＣＥＯ。

成「家」難

曾看過朋友刻的一方印章，上面的印文刻著「成家難」。在任何一個領域想要樹立鮮明的個人風格已不是一件易事，更何況成為一方大家？也有朋友說過：「要樹立自己的風格哪有什麼難？反正抓準一個主題或一種技法，不停地做、無止境地重複，做到讓人看了疲乏、做到使人發膩，全世界都會記得你在做什麼，你就有了自己的風格。」雖然是朋友半開玩笑說的一段話，但真的是這樣嗎？風格難道僅是靠著不斷重複就能樹立的嗎？就算是，一件讓人看了會有視覺疲憊感的作品，難道會是一件好的作品嗎？或許更應該說是一種「疲勞轟炸」。

風格的確立絕對不可能是建立在這樣的基礎上，而是在一條穩定的脈絡或軸線上慢慢向外發展。對自己的定位如果不清楚，後續的發展也將會是一團亂。就像在一片草原上行走，如果都只會向右轉，那麼在三次右轉之後，就又會回到最初出發的那個點上，所有的力氣都將白費。如果慣性不改，就算努力再久，終究還是會回到原點。

一家餐廳的定位和風格的確立，靠的是多年的堅持與努力，而不是靠著萬年菜單來告訴別人：我們就是一家賣著某種料理或某種風格的餐廳。為人如此，餐廳也是，各種藝術或工藝的創作亦如是。

在對別人開口介紹自己是「某某家」的時候，應該先想想以現在自己的作為在別人的眼中會是什麼「家」？切勿將別人善意的謊言或禮貌性的恭維當作發自內心的尊崇。一段自以為精采的華麗轉身之後，或許在別人的眼中也只是個跳梁的小丑。

口若懸河講了半天，宣稱自己是某某大家又是某某大師，在別人的事後回想裡可能就會變成：「咦，那天是什麼大師呀？」「嗯，我也想不起來，好像是舞龍舞獅吧！」

③ 火上的心性

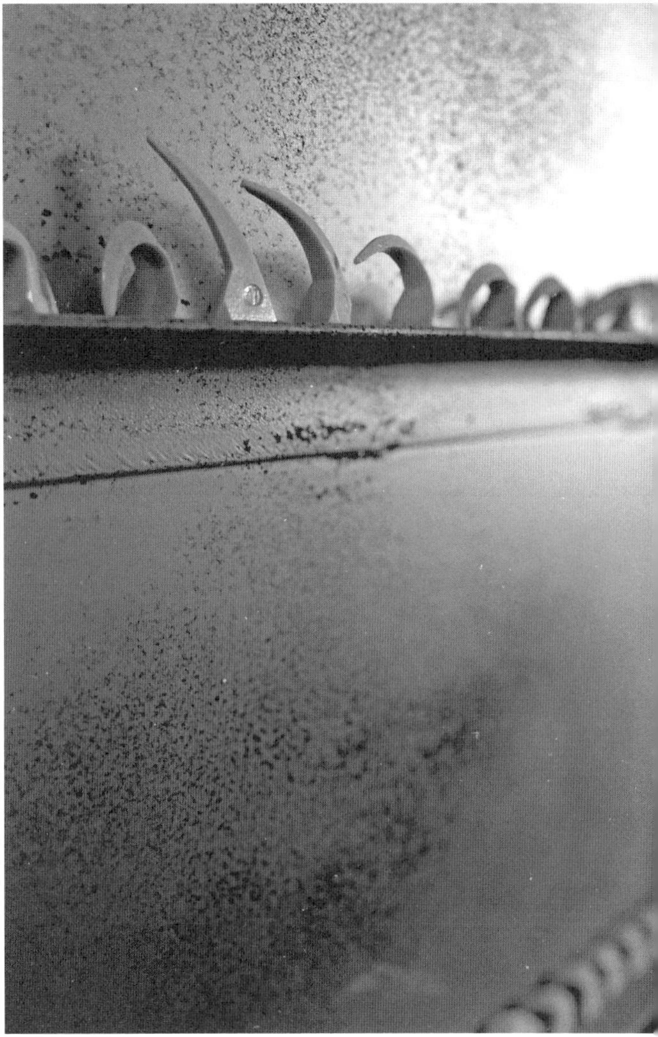

由做陶而生的感悟

我很享受一個人燒瓦斯窯的時刻。

在這三十幾個小時裡，一個人靜靜地面對著窯爐，隨著溫度的升高、根據天氣的變化來調整瓦斯和空氣的比例。燒窯的最後階段，看著溫度顯示器上的溫度到達預定範圍，我會拿起窯門上窺視孔的耐火磚，觀看從窯裡竄出熱烈火光的顏色，來判斷此刻窯內是否是我想要的氛圍；然後檢查窺視孔內側的測溫錐，是否也呈現該有的弧線，觀看坏體表面折射的火光來判定釉藥的溶融程度。

一個人的窯爐

在所有的條件都滿足預設的期待後，關掉瓦斯桶上的旋鈕，看著壓力計上的指針慢慢歸零。迴盪在四周強激火焰燃燒時的低沉聲響，如一頭巨獸沉睡忽醒時的鼾聲驟然而止，瓦斯在鋼管裡快速流動的氣體音頻也漸漸變小，直至消失。迅速插上煙道的隔板，減緩煙囪效應，讓窯內的溫度不至於下降得太快而造成作品的損壞。

關掉電燈後，窯體兩側下方的地板和窯體周圍的牆上，都因為作品在窯內一千多度的高溫之下所蓄積的能量，在黑暗中映著橘紅色的光。

經過連續兩天積累的熱能，空氣中彷彿也因熱浪形成一股強大的壓力，逼壓著我因未眠而疲憊的身軀。儘管身體是疲累的，我的心情卻是整個製陶的過程當中，最放鬆與平靜的時刻。

每次的燒窯都是全新的挑戰。儘管再有把握的釉色，也有可能因為一時的疏忽而導致結果變得不盡理想。走到窯門前合掌默禱，祈望這一窯的作品可以燒得如預期的順利。靜下心仔細回想這一窯的燒製過程中，自己是否盡了全力、是否有什麼可能造成失誤的操作或疏忽，然後調整自己的心情，接受一切的結果。讓自己好好休息，再回到下一個創作循環的起點，接著再繼續往前走。

其實，我也並非一開始就能對燒窯的結果如此看淡或釋懷；畢竟這一大窯的作品是自己努力了三個月的結果，如果沒有燒好，那代表的不僅是三個月的經濟損失，長達半年的沒有收入，也是因為下一窯又得是三個月後才能出窯了。所以，燒窯結果的好壞也大大影響著心情，一直帶著低迷和忐忑的情緒，根本無法靜下心來好好工作，萬一真的不小心燒壞了，經常很可能下一窯也沒能燒好。

直到一次日本旅行的經驗，改變了我對燒窯結果的看法。

善射不中的

很多年前的夏天，和朋友帶著小孩一起走訪東京。日本朋友說現在是紫陽花開的季末，如果去趟北鎌倉還可以趕上最後的賞花時機，花況或許不算繁盛，但北鎌倉卻是非常值得一遊的地方，於是我們就決定改變當天的行程搭車前往。走出車站不遠的地方，在林立的觀光指標中，選定圓覺寺為第一個參訪的目的地。步行約十幾分鐘後抵達寺前的山門入口處，看了告示牌上的介紹，發現圓覺寺不僅歷史悠久，更擁有許多古老的建築與小廟堂。而一旁介紹建長寺的看板上則寫著：「如果天氣好的話，從寺方後面的觀景台還可以看到富士山。」一聽到可以看見富士山，孩子們興奮地說要先去看富士山再去看紫陽花。

也許是因為已接近花季的尾聲，加上並非假日，寺裡的遊客並不多。寺裡的角落還是可以看到盛開著的紫陽花，孩子們也開心地在開滿繡球花的小徑裡跑來跑去。順著小徑往寺後最著名的庭園方向前進，聽見附近的院堂不時傳來一陣奇特的聲音，一行人循聲走向那座院落，發現原來是有人正在射箭，於是好奇地停下腳步佇足觀看。兒子說想要再走近一點看看他們是怎麼射箭的，我們就往射箭場的方向走去，通往射箭場旁的小徑前方橫著一根竹竿，只好停下腳步；一名身著弓道服裝的女子突然從院落的走廊迅速向我們走來，移走前方的竹竿，邀請我們走進射箭場近距離觀賞。

在射箭場的旁邊，可以清楚地看到他們的每一個動作。

後方的台座上坐了三位看起來像老師的人，一人持弓箭站在射台的正中央，幾個同樣準備射箭的學員則跪坐在他的後方。只見持弓箭的年輕人緩緩移動腳步，舉弓搭箭，瞄準片刻之後「咻」的一聲，箭便離弓射出，但箭頭並沒有射中靶心而是落在箭靶旁的土堆上，隨即又再重複了一次剛才的準備動作，又是「咻」的一聲，箭依舊插在一旁的土堆上；

接下來幾個輪流上場的學員，表現也都差不多。兒子突然開口說：「瞄那麼久還不是射不中，而且沒射中還一直站在那裡。」童言童語惹得同行友人哈哈大笑。忽然看到射箭者後方牆上掛著一副橫匾，上面用大大的漢字寫著「善射不中的」。我對朋友指了指牆上的匾額，忍不住相視而笑。

射箭的殘心哲學

看著眼前接連的失誤，孩子們對射箭也失去了興趣，於是我們又繼續往可以看見富士山的平台方向走去，半路上天空竟開始飄起了毛毛雨。經過一處小院前，一名女子拿出一只插著大大紫陽花的花器，掛在小院的入口處。花器上有一張小紙條，用娟秀的書法寫著：「雨でもお抹茶飲んで頂けます。」（就算下雨也能喝一碗抹茶。）

被這花器上的紫陽花和紙條吸引，我也想進去喝一碗抹茶。但對兒子來說，苦苦的抹茶顯然沒有富士山來得有吸引力，朋友的孩子也想趕快去看看富士山，於是暫時分頭，他們繼續慢慢往山上走去，我和女兒則買了抹茶的品飲券，走進小院。

將票拿給院內小亭裡的服務人員後，我們被安排坐在鋪著紅布的走廊下，這時才發現，院中開滿了紫陽花。飄著細雨的天空中有幾隻老鷹正在盤旋，而整個院落竟只有我和女兒兩個人。看著門外行經的遊客拿著相機朝院內拍，女兒說：「大家都只有在外面拍照，怎麼會知道這裡面有多漂亮？」就這樣，我和女兒兩個人喝著抹茶欣賞著此刻的寧靜和滿園的美景。

不久之後，小院裡又來了一位客人，是剛才在射箭場上射箭的人。微笑點頭示意之後，在我們身邊的紅毯坐了下來，開口問道：「剛才在射箭場是不是有看到你們？你們對射箭有興趣嗎？」我笑了一下，把剛才兒子說的話又對他說了一遍。他聽完後也笑了笑：「其實有沒有命中目標，並不是最重要的事，而是要學習在沒有命中目標時如何反省自己。射完箭的最後那個停留動作叫做『殘心』，就是在反省及思考，自己在整個過程中有沒有沒做好的地方。」

一番對話之後，我才明白牌匾上寫著「善射不中的」的意思。**一個懂得射箭的人，心裡所想的根本不是如何命中目標，而是如何為命中目標做好練習和準備；在射箭之前，就應該全神貫注、站穩腳步、調整呼吸，讓自己全然地進入一種安靜而專注的狀態。離弓而發之後的結果，不應該是一直持續執著的焦點**。如果因命中目標而欣喜，波動的情緒就會讓下一次的發箭產生偏離；而為了沒有命中目標而沮喪，更是沒有意義，因為箭已經射出去，再多的懊悔與自責也無法改變箭頭落地的事實。

在挫折之中更糟糕的情況是，開始為自己的失敗找藉口，手套太鬆、風太大、環境太吵……這些為自己的努力不足而尋找的藉口，也不會讓下一支箭變得精準而命中目標，反而會讓自己因為不知反省而停止成長。**用現在的自己去批評過去的自己，並沒有任何意義，重要的是接下來該如何調整自己。**

盡力便無憾

走出這個開滿了紫陽花的小院，與同伴們會合後，繼續朝觀賞富士山的平台前進，雖然天空依舊下著小雨，卻也澆不熄孩子們對終於可以親眼見到富士山的渴望。即使孩子們自己都不明白有沒有看到富士山，對這趟旅行有什麼差別？對他們來說，這只是玩伴間一時被激發的短暫渴望。

雨持續下著，地面愈來愈泥濘，山坡上的階梯也愈來愈濕滑陡峭，問問孩子要不要乾脆就走到這裡就好？孩子們卻依舊興致高昂地一邊唱歌一邊往上爬。在雨中走走停停一段時間之後，我們終於爬上了觀景台。但令人失望的是，眼前除了一片細雨迷濛，根本什麼都看不到，就連剛才在山腳下走過的那些雄偉山門也看不見一絲影跡。

孩子失望說：「哎呀！枉費我們爬了這麼久，衣服都濕了、腳也疲了卻什麼也看不到。」正當我想著該說些什麼安慰孩子的時候，女兒開口了：「走啊，我們下山去吃章魚燒！」接著幾個孩子也開心附和著，又唱著歌開始往下山的方向走去。

突然發現，在發箭之後無法保持殘心的，始終是大人而不是孩子。為了登上能看見富士山的平台，孩子們都盡力了，即使下雨、再難的路也都走上山了，而盡人事之外的天命變數，已不是我們所能掌控。「看不到富士山，就下山去吃章魚燒吧！」要有這樣的心情，前提必須是努力帶著自己爬上這一座山。只要盡力了，不管是什麼樣的結果才能無悔、無憾！

圓形的支點

沒有上茶藝課的日子裡，我習慣在早上工作開始之前為自己沖上一泡茶。這時候喝茶，沒有太多的規矩，也沒有繁雜的手續；喝什麼茶、用什麼茶具，都只看當下的心情來決定。

順應著節氣，在春天時，品一杯杉林溪的春茶，感受一下春天的氣息；夏日，也許是凍頂烏龍，用一個茶碗直接投入少量的茶葉，再緩緩提壺注水，看茶葉在碗底翻騰激盪，逐漸在熱水裡從一顆小小的圓球，像天空中被風吹動的雲朵般舒展開來，這時候彷彿心也慢慢地打開並沉靜了下來。秋天，大地開始準備休息的節氣，用來調整腳步的，可能是一泡細膩甜蜜的東方美人；冬日裡的鐵觀音，當茶湯從蓋碗的口緣傾瀉而下的時候，那隨之升起的白煙，也順便帶走了心裡的煩悶。

在茶湯中與自己對話

利用一個人喝茶的機會，對比前後兩天的茶湯差異，檢視自己的狀態、茶湯的好壞，同時也測試器皿的觸感和適手性。透過不斷反覆的思考與練習，試著去認識和了解自己，同時也更客觀地觀察自己所做的器物，並逐漸調整，直到做出讓自己喜歡、滿意的作品。

創作之中，有許多重要的事，但日常生活的步調也會影響作品的好壞，所以適時緩一緩腳步，問問自己，現在做的是不是自己喜歡的東西？也是一個很重要的過程。

一個不了解自己的人，一定無法做出令自己真心喜愛的作品。因為不知道

自己喜歡的是什麼，就只能不斷思考：別人喜歡什麼？

雖然做為一個器物的作者，原本就是在創造一些為人所用、為人所愛的作品；但是為了滿足客戶需求而不斷向外探索的同時，也最容易遺忘了自己。一件只是為了單純滿足客戶需求的作品，便會失去風格及靈魂，成為只是交換金錢的物品。

在創作的過程中，我也曾經因為客戶的喜好，而一次大量製作相同的作品。一段時間後就會發現，其實每個人的需求與喜好都不同，永遠無法用同一種模式套用在所有人的期待之中。

最好的方法應該是做自己喜歡的東西。因為，每一個人雖然都是獨特的，卻也不會是世界上的唯一。我們永遠可以找到一群認同、並和我們有著相同情感與美感的人。

一個手藝人的創作也不可能滿足所有的族群；所以做自己喜歡的器物，為那些認同並支持我們的人服務，也已經足夠讓我們一直不斷地走下去。

一份工作一定要做得開心，才能維持一定的熱情。而要做得開心，除了關心別人的需求，更應該要懂得檢視自己的心情。**在不斷思考著別人需求的同時，如果忽略了自己，那麼往往不僅達不到我們希望的結果，有時也會造成彼此之間的困擾**。

有朋友說我在學習茶藝前後，作品有著很大的變化。其實創作風格及細節的改變，跟學習泡茶有很大的關係，卻也不是最直接的關係。學習如何用一定的流程、水溫和比例來沖一泡好茶，確實可以在製作茶具上發揮非常關鍵的影響；但在學習如何沖泡一泡好茶的過程，更是學習檢視自己最好的機會。**每個人都有不同的方法與自己對話，而我的方法是坐下來好好地喝一泡茶，一個人安靜地在茶湯中和自己交談**。

手忙腳亂的茶席

在每一期的茶藝課程中，老師都會為我們安排一次戶外教學。看看茶園、學習了解製茶的流程，或拜訪其他藝文界的老師。有一次，老師帶著班上的同學參訪故宮，順便帶著茶具上陽明山拜訪古琴演奏家袁中平老師。

山林裡幽靜的小徑，長長的石階盡頭就是袁老師的工作室。一處矮小的平房，空間不大，但極簡、雅緻的陳設，真有那麼幾分像仙人居住的處所。

老師環視了一下，指著牆角的一個角落：「今天我們泡凍頂烏龍，我覺得永勝的凍頂泡得很好，今天就由永勝執壺吧！」

於是，我在袁老師的工作室裡開始布席，老師和同學們則跟著袁老師參觀附近的環境和生態。想起上次「照顧腳下」茶會所學到的心得，「要時時關照別人和自己所處的每一個當下」，心想這次一定要好好關照別人。

室內可以布置茶席的地方不大。在布席時，除了桌上的茶具擺設間距，我更是試坐了每個坐墊，確保每一個人都可以坐下來舒服地喝茶。布好席後，老師、同學們也剛好回到袁老師的工作室。

同學依序入席坐下，看到同學臉上的表情，我知道為大家調整了很舒適的距離。大家入座之後，我也準備坐下泡茶；但當我坐下的那一刻，因為留給自己的空間不足，腰間的皮帶卡到身後的掛軸，掛軸便硬生生掉落，桌上的茶具也因為我的碰撞而瞬間傾倒，所有人都立刻起身幫忙收拾整理。

用心布置、仔細調整賓客座位的茶席、原本滿懷期待的美好和我的心，就這樣隨著掉落的掛軸一起砸在地上。瞬間覺得空氣凝結在一種緊張又不安的狀態之中，我的手心冒著汗，緊張到呆坐在蒲團上。

在大家的幫忙整理下，重新調整好位置，為我騰挪出多一點空間，休息片刻之後，茶席重新展開。我努力想要讓自己平靜下來，執壺的手卻忍不住微微顫抖；傾注在杯子裡的茶湯，也因為我的顫抖而激起陣陣的水紋，兩泡茶湯後才逐漸平復心情。帶著一種內疚和驚嚇的複雜情緒，完成了這次的茶席，茶會也在同學們帶著安慰口吻的鼓勵下順利結束了。

下山的路途中，我一直回想著這日茶會的過程。**今天的我努力想要為他人多留一點空間，卻完全忽略也該為自己留點餘地。用心為別人考量很好，但沒有適當為自己設想，就算做得再多，也可能變成白忙一場。**

圓形的支點

器具創作，不像純藝術的主觀與絕對。究竟如何調整人我需求、喜好之間的比例，是一個需要不斷探究的問題。

創作是為別人，更應該是為自己。要讓使用者高興，也更應該讓自己開心；傾聽別人的聲音也要重視自己的感受。

否則一再退縮和妥協，就會讓所做的茶具或器物顯得沒有個性；也會把自己不斷限縮到那個無可轉圜的角落，到後來讓自己愈來愈喘不過氣，在低氣的環境中逐漸失去自己。

在一次閒聊中，朋友曾經提出一個問題：

「如何用最快的方法找出一個正圓球體的支點？」

想了很久，還是不知道該代入何種公式或方法來找到答案。朋友說：「圓形表面的任何一點都可以成為支點。」所以，其實沒有那麼難，找到自己喜歡的點，堅持立在那個點上，你就能成為整個圓形的支點。生活如此，創作也是如此。

因此，有空時帶著自己喝杯茶、閱讀一本書，甚至是安靜欣賞一朵花，在樹蔭下享受陽光穿過樹葉灑落在身上的美好，聆聽大自然的音樂、探尋自己內在的聲音，努力尋找自己喜歡的位置。**保持一段愉悅的心情，創造一件自己喜歡、也令人喜愛的器物。不隨著市場搖擺、堅定自己的立場，試著努力撐起一個屬於自己的圓。**

夏荷

工作室的門口種了幾缸荷花，種花的水缸是南投早期的柴燒窯老件，而荷花則是我在金門服役時帶回的蓮子種成的。這幾缸荷花是夏季工作室裡最美的一景。

當年，被分發到金門服役的時候，才下軍艦剛到金門的第三天，一切都還來不及適應，就因為連上士官不足，而被送到太湖旁邊的金防部幹訓班受訓，結訓後就在幹訓班裡擔任教育班長。

座落幹訓班附近的八二三戰史館是金門重要觀光景點之一，戰史館前方有一大片荷花池，那裡的荷花和常見的品種有些不同，初開時顏色更鮮豔一些，花型沒那麼大，圓潤可愛。每天早上帶部隊繞著太湖晨訓跑步，一池子盛開綻放的美麗景象，是我在整個跑步動線最喜歡的地方。放假的日子，其實沒有太多的地方可去。我除了待在山外的書局，就是在戰史館附近走走。有一次見到池邊一株熟透了的蓮蓬倒在地上，裡面的蓮子散落在旁邊，隨手撿了幾顆帶回隊上收進抽屜裡，退伍時當作金門的回憶之一，將蓮子帶了回家。

在庭院種回金門荷花

某天心血來潮，想著如果將這幾顆蓮子種下，或許能複製在金門的那一片荷塘。成熟的蓮子表面有一層阻止水分進入的硬殼，於是我先用砂紙將它磨破一個小洞，使水分更快進到蓮子的內側，也讓它更容易發芽。在每天換水、浸泡數日後，蓮子開始長出嫩綠、細細的芽，接著就以極快速度成長，那生長速度之快，彷彿在科幻電影中看到的畫面。將它們小心移入土盆裡，再移至工作室門前的水缸中。就這樣，在庭院裡成功種出了一片與那金門同樣美麗的風景。

每年夏天，只要看著這些在風中搖曳生姿的花朵，就會回想起那段在金門與風獅爺從戎的歲月。

清晨落在荷葉上的露珠，彷彿吉普賽人手上的水晶球，可以穿越時空回到過去，看見年輕的自己在太湖邊跑步的身影，和那在太湖水面時而出現、時而隱沒的小水鴨。花瓣上的紋路，也像一片古老的黑膠唱片一樣，記錄著湖岸邊喜鵲的叫聲，和部隊跑步時的精神答數。荷葉桿上的細刺，則像極了那些年冬天海面上吹來的寒風，在手臂上激起的片片雞皮疙瘩；還有花開的香氣，也蘊含著那藉口說是因為禦寒，而開始學習喝起的金門高粱，那獨特而濃烈的酒香。對我來說，這一缸荷花已經不是單純的荷花，不僅是訪客喜歡停留欣賞的風景，更是我人生歷程中一段記憶的載體。

許多來到工作室的朋友，看到荷花時都覺得納悶，自己從花市買來的荷花通常幾年後就不再開了，為什麼工作室的荷花經過這麼多年還開得這麼好？其實，那是因為在家裡栽種荷花的水缸或水盆體積通常都不大，每年花開後，如果沒有進行換土和根莖的修剪，那麼土裡的養分耗盡，蓮藕就會隨之腐爛而消失殆盡。

每年春天，我都會將水缸裡的淤泥清除、挖出蓮藕，把這一節節白白胖胖的蓮藕用水洗淨之後，再重新種回水缸裡。即使每年為這些蓮藕換上新土，也未必能保證一定可以再為來年種出一片美麗的風景，當中還是有許多未知的變數。**世上本來就沒有所謂的理所當然，辛苦耕耘未必能有收穫，不斷付出未必一定就會有結果。**能夠被理所當然看待的，只能是自己的付出而非良好的回應或結果。如果害怕付出的一切付諸流水而不去努力，或付出之後沒有得到期待的結果，可以預知的是，換來的就會是更多的失落。

愈理所當然，愈用心對待

在清理水缸的同時，看著那些新生和因養分耗盡而乾癟腐爛的蓮藕，不禁想，二十幾年了，一棵樹的種子經過二十年的生長就已經可以長成一棵大樹，一個孩子經過二十年的養育也已是成人，哪怕是一根鐵杵，經過二十年的打磨也成了繡花針；而這一朵朵美麗荷花和田田荷葉之下，竟只有稍不注意就會消失的蓮藕。

那些看似健康的蓮藕也可能有著未被察覺的傷口，或某些細菌的感染，而在不知不覺中，傷口便開始逐漸擴大而腐爛。**眼前的繁花勝景，其實隱藏著稍不留意就會不復存在的危機。**

人生何嘗不也是這樣？一段友誼、一段感情、一份事業，其實都需要時刻謹慎的經營。花繁葉茂的景象之下，一個小小的傷口倘若沒有即時面對及處理，或許就會讓一切轉瞬間就化為無形。一段看似堅若金石的友誼可能因為一句無心的話，而逐漸冷淡；一段多年的婚姻也可能因為一道小小的裂縫，而導致分離；一家百年企業，也許因為一時的不小心，而遭到市場的摒棄。我們認為已經過時間考驗的一切，那些穩定發展的關係和忠實的客戶之間的互動和往來，隨日積月累就會漸漸變得愈來愈理所當然，而不若以往的用心對待。

這個世界上沒有任何人、任何事都應該如自己所期待的付出與發展。**人跟人之間，永遠是一種互相的關係，我們認為應該的，或許都只是他人的忍讓或包容**。人的心都是敏感而脆弱的，那堅毅的外表下內含的卻是一顆極易受傷的心。

「你應該懂我呀，我是為你好，我說這句話是無心的。」脫口而出的話或許是無心的，也不想造成彼此之間的傷害，但說出口的話即使是無心也會是「有意的」，只要稍不注意，這無心的話便已有意地傷害了對方；倘若依然故我，甚至會有「我們都是這麼多年的朋友了，你怎麼會跟我計較這個？」的心態，但正因為多年的情誼，傷害了朋友卻渾然不知，絲毫無法體察對方當下的反應與情緒，甚至認為對方就該無條件地包容。

有一對結婚二十幾年的朋友，讓婚姻走向終點的最後一根稻草，竟然只是因為老婆不願再幫剛進家門的丈夫拿一雙拖鞋。這個理由聽來可笑，就像丈夫說的：「你至於嗎？不過就是要你幫我拿雙拖鞋，都拿了二十幾年了。」

老婆說：「就是因為二十幾年了，每次只要你一回到家，不管我正在做什麼事情，都必須先放下手中的一切來幫你拿拖鞋，我累了。」為什麼要等到對方開口說累了，才發現原來在自己眼中的小事竟會給對方帶來巨大的壓力？

在新聞上，我們也曾看過一家百年企業因為將產品改標再販售，而引起社會大眾的鄙棄和撻伐。為什麼要等到遭受輿論的反擊，才意識到原來擁有廣大支持的百年企業，也可能因為一個小小的改標事件而遭到市場的下架？

留心細節，永保初心

一項工藝市場的衰退或消失，固然是因為受到了時代的變遷及市場的轉移所致，但真正導致這個結果的主因，卻可能是因為職人心態的鬆懈及放棄。所有的市場都一樣，一旦市場開始衰退，首先的對應便會是削價競爭，為了維持一定的利潤開始偷工或減料，因此削價競爭的背後往往是品質的低劣。

這許多看似不重要的小事，就像是蓮藕上一道道的傷口，等到隔年花開不復、綠葉不再，才思考問題的根源時，一切早已來不及；再想換土時，會發現盆中除了充滿腐敗氣味的汙泥，和那盤繞枯竭的根系，曾經的白胖蓮藕早已消逝無形。花型變小、花色變淡、荷葉變少、蓮蓬早枯……其實都一再提醒著我們該換盆了，然我們通常只關注嬌豔的荷花，欣賞它的清香和搖曳的身影，總覺得它就會一直在那裡。未曾想，花易枯竭，人心會冷。

為了常保眼前美麗的風景，請記得用心觀察，並適時為它換上一盆新土。

剛開始只是因為想要做茶具，而去參加的短期茶藝課程，居然欲罷不能地轉眼上了七年。老師認為課程在這個階段結束後，應該暫時先告一段落，各自回去好好喝茶，想一想這七年裡都喝了什麼茶、體悟了些什麼。

「最後一堂課了，我們就跟自己喝喝茶吧！」

以往課堂的慣例，都是學員分組，各組由一個同學負責茶具；這一堂課顯得很不同，老師讓我們帶上各自喜歡的茶具來上課。可以是一把壺、一個碗或是一個盞，自己想用什麼喝茶就帶什麼。

最後一堂茶藝課

那一天上課，碰巧遇到空調維修，老師說：「今天連電風扇都不開，我們好好靜下心來喝茶。」大夥兒在教室裡圍成一個圓，席地而坐，拿出各自的茶具開始擺設茶席。

「把茶葉放進你們帶來的茶具，用保溫瓶的水沖茶。沖完後閉上眼睛，用心感受茶湯的狀態，當你覺得它是最好狀態的時候，就睜開眼睛喝茶。」

雖然同學們一起上了七年的課，但是按照老師指示要閉著眼睛判斷何時是茶湯的最佳狀態，其實還是很困難。於是大家靜靜地坐著，豎起耳朵聽，有同學開始喝茶了，便也一一地睜開眼睛喝茶。

紛紛喝完之後，老師接著說：「來，我們再喝一泡，沖完茶後一樣閉上眼睛。但是，這一次我們來發願、發眾生平等的願，至於為什麼要發願，我們後續再來聊。」

聽完老師的話，大家沖完茶又閉上眼睛，同樣等待有人先喝茶，也跟著睜開眼睛喝茶。

上半場的課程，就在同學陸續喝完茶之後暫時休息。有同學忍不住湊過來問：「你覺得這一節課老師到底要讓我們學什麼？」

其實，我也不知道老師要教給我們的到底是什麼？

而下半段的課，重複上一節課的過程，即將進入尾聲時，老師依舊什麼都沒說。眼看課程就要結束了，終於有同學焦急地發問：「老師，今天的課有點難，而且老師還沒跟我們說為什麼要發願？」

「請大家坐下來，我們來聊一聊為什麼要發願。」老師不疾不徐地回答。

「大家都上課七年了，和剛開始初學相比，一定覺得自己學到了不少東西；但是，請低頭看手上的茶具，這些茶具是我們自己做的嗎？再看看那些茶葉，是我們親手栽種的嗎？更重要的是，請大家抬頭看看眼前的同學，茶席上如果沒有前面的客人，那麼有誰可以成就此刻坐在司茶位置上的自己呢？

「在喝茶之前發眾生平等的願，就是要提醒自己：**無論學到多少東西、將來站在什麼樣的位置，一定不要忘記，成就絕非單憑一己之力，而是受到很多人的幫助才有了當下的榮光**。如果一直覺得高人一等，那麼永遠無法泡出一杯真正溫暖的茶湯。」

聽完了老師的話，大家才明白老師在最後一堂課所要教我們的道理。

實用器物之美

不久前，一家米其林餐廳來到工作室拜訪，一起討論製作餐具細節，隨行的主廚太太問了一個令人玩味的問題：「台灣做陶的人這麼多，為什麼許多知名餐廳都選擇與你合作餐具呢？」這是我從未設想的提問，想了一下回答：「應該是我自己對品質的要求，再加上溝通的過程保有彈性的關係吧。」

對我來說，做陶不僅是製造業，也是服務業。

製作生活器物和藝術品不同，作者可以有強烈的主觀好惡，但最終還是要站在使用者的立場來做考量。所謂的生活器物就是日常使用的器物，倘若只依作者的喜好製作，雖然可以呈現較為強烈的個人風格，但首先還是要考慮與器物朝夕相處使用者的便利性。所以在造型與功能之間，我可以捨棄自己的觀點、器型外觀的堅持，而著重於功能的實用性。**器物的存在是為了讓生活增加更多的便利，一件美好的器物倘若失去實用性，那麼人們就無法更深刻地感受它的美好和存在的意義了。**

做為一個職人或他人眼中的手藝人，在製作的工藝上，也沒有高低之分，只要是用心創作出來的，同樣都是好作品。一件工藝家手中形象抽離的作品可以感動人心或為人帶來啟發，而一個杯子、一個餐盤同樣也可以為人們的生活帶來許多美好。

國家劇院裡的劇團令人拍手叫好，在鄉下廟會表演的藝人同樣值得鼓勵；精緻細膩的高檔餐廳引得滿堂喝彩，而路邊的小吃同樣也可以使人吮指回味。在這個世界上，凡是存在的都必定合理，那些小花、野草，我們喜歡或者不喜歡的東西，天地之間的萬物都有其存在的意義，沒有誰高誰低。就像茶藝老師那日在課堂上所教授的道理，如果在心裡覺得自己高人一等，也就永遠無法做出溫暖的作品。

忘了我是誰？

我們都是踩著一個又一個台階在人生的道路往上爬，只是每當爬到某個高度，眼前的美景和清風吹拂的舒適感，是否會慢慢地讓人有些飄飄然，甚至漸漸忘記自己也曾在山腳下徘徊？

很多年不見的朋友突然打電話來找我喝茶，來了工作室之後卻什麼也沒說，只是自顧自地喝了大半天的茶後，猛然一句：「好了，我知道你還是你，我要回去了。」我被朋友無來由的這句話弄得一頭霧水。

朋友說：「這麼多年不見了，現在偶爾會在一些媒體或平台上看到你，其實今天來只是想看看你會不會忘了我是誰。」

我笑著跟朋友說：「我始終知道自己是誰，當然也不可能會忘記你。」

或許在很多人看來，這幾年跟我合作的餐廳名氣一家比一家大，採訪的媒體也愈來愈多，朋友們也總是開玩笑說：「你愈來愈有名了！」但對我而言，這些都是工作，並不會因為餐廳的名氣大，或有更多的媒體採訪就覺得了不起。因為我始終記得，這一路，是在多少朋友和家人的支持下，我才能一步一步地往前走。

我會記得在剛開始學燒瓦斯窯的時候，面對一整窯沒有燒好的作品，周遭就會突然有朋友說：「真巧！我就想要這樣顏色的作品。」在收入不穩定的時期，朋友們總是會以實際的購買行為表示支持。讓我深刻感受到的是：努力當然很重要，但是如果沒有親朋摯友的支持，我也很難在這一條路上堅定地走下去。

炫技或用心

人心都是敏銳的，用什麼樣的心來面對他人，即使隱藏得再深，終究還是會被察覺。熱心地拿出一泡好茶、一套茶具要與朋友把玩共賞，出發點究竟是單純要和朋友分享，或只是想在朋友面前炫耀？即使以為只有自己知道，其實彼此都了然於心。

很多人對於我做的側把壺很好奇，為什麼要大費周章將一把壺做到不需按壓壺蓋，就可以把茶壺裡的茶湯都倒完，蓋子還不會掉？難道只是為了向大家炫技自己的做壺技術有多好？其實不然，會花更多的時間去做出這樣的茶壺，是因為一般的側把壺需要壓蓋，在泡茶的過程中就容易有抬肘的動作，而在茶席上，透過不扶蓋的方式行茶，才能讓司茶者更小心專注地泡好每一次的茶湯。

作者是炫技還是用心？當使用者將這樣的器物拿在手上，毋須透過言語就能夠體會；一旁的觀者也同樣可以感受到那份截然不同的用心。

三年前在京都展覽的時候，主辦人要我向現場的貴賓介紹自己的器物，我一句話也沒説，只是提壺、注水，然後高高地舉起茶壺，在不扶蓋子的情況下，讓茶壺裡的水形成一條連接在茶壺與茶海之間的線條。最後將水一滴不剩地傾倒在茶海裡。接著將茶壺轉正，慢慢地放下、行禮。

放下茶壺後，現場才終於打破靜默：「哇！我剛才一顆心都懸在那把茶壺的蓋子上。」而這樣的緊迫感會讓大家將焦點自然聚焦在茶壺，伴隨而來的放鬆心情也會讓人更能感受到口中茶湯的滋味。

炫技和用心僅在一線之隔。而其中最大的差別，前者是從成就自己的立場出發，後者則是站在關照他人的位置考量。**只有把自己放在和別人相同的高度上，才能理解對方眼中所看到的世界**。

時刻提醒自己，不管身處在什麼樣的舞台，被籠罩著什麼樣的光環，都不忘發一個眾生平等的願：**不要忘記自己是誰。更重要的是，永遠不要忘記是誰成就了此刻的你**。

因為，當一個人覺得自己是某個誰的時候，在他人眼中其實就誰也不是。

我說的都是真的

在一個年輕作者A的展覽會場裡，一位頗具威望的教授帶著幾個朋友和學生對著展出的作品頻頻點評。教授指著其中的一件作品說：「整體的比例不夠協調，造型也挺呆板，釉色的呈現太髒，我不覺得這樣的作品有什麼值得欣賞的。」又說：「作品的風格不中不西，一看就是在模仿，這樣的創作一點生命都沒有。」我在一旁看著跟在教授身後的年輕作者，在眾人面前接受這樣的點評，臉上一陣漲紅，頭壓得低低只是一臉尷尬地陪笑。

有人向教授表示：「老師，作者也在現場，您這樣說會不會太直接？」教授轉頭看了一下作者，推了推鼻梁上的眼鏡，高聲說：「我說的都是真的，又不是胡亂批評，有什麼關係？而且年輕人就是要經得起批評。我這是為他好，如果大家來看完都只是一味地讚賞，卻不願意說實話，那怎麼會進步？他應該要感到很高興，不是每個人都願意這樣跟他說的。」

教授說完後，所有人的眼光都投向Ａ，他的臉漲得更紅了：「是啊是啊，謝謝老師指導，會謹記在心，好好學習。」

教授點點頭，露出滿意的微笑：「對嘛，年輕人就是要虛心學習，我年輕的時候可沒這麼好的運氣，有人願意像這樣指點，害我走了很多冤枉路。」一旁另一位年輕學生接著說：「那是老師年輕時的作品就很好，沒有什麼可以被批評的。」語畢，現場一陣嘻笑，教授在簇擁之下繼續往下一個展區走去，而Ａ也亦步亦趨地夾在人群之中，繼續聆聽教授對Ａ的各種「好意」。

望著他們遠去的背影，回想剛才所聽到的對話，讓我想起和另一位老師一起喝茶的經歷。

在一次茶會的場合中，我和幾個朋友坐在茶席上，其中有一位是茶界頗具威望的前輩。司茶的則是一位學茶不到一年的年輕女孩。也許是因為席上坐著一位大前輩，她臉部表情有些僵硬，執壺時也忍不住略微顫抖，從泡茶不太流暢的細微動作中，可以看出她對泡茶儀軌的生澀。奉上第一泡茶湯，我才舉起杯子，就看到前輩將杯中的茶湯倒在地上，「水溫低了。」然後將空杯放在桌上。緊接著第二泡茶，前輩拿起杯子又一次地將茶湯倒在地上，「水溫高了。」沖第三泡時，眼前這個小女生的手已經抖到煮水壺都跟著明顯顫動了。

她小心地將壺蓋掀開，將那強忍著的緊張和不安，隨著混亂的水注入到茶壺裡，雙手按伏在桌案前閉上眼睛深吸一口氣，再徐徐地吐出一口長長的氣，兩隻手還是止不住地顫抖著，慢慢地睜開眼睛之後，緩緩將茶湯再次注入到勻杯之中。隨著她顫抖的雙手，壺裡的茶湯也緊張到像滿溢壓力鍋的液體，迫不及待地逃離茶壺的掌控，一條混亂的拋物線，讓茶湯都飛濺到勻杯的外側。

老師端起這第三杯茶湯只是看了一眼，還是轉手倒在地上，「泡太久了。」結束後，老師站起身對她說：「要多練習喔。」看著眼前的小女生，或許正式行茶的心理壓力早已不是她所能負荷，再加上接二連三被倒掉的茶湯，眼淚已止不住地在她白皙的臉上默默流淌著。

教授說的或許都是真的，茶席前輩說的也許都沒有錯；但是，展覽作品的藝文中心不是法院，年輕女孩泡茶的茶桌也不是課桌。真假、對錯在那樣的當下是否是最重要？教授年輕時沒有人對他用相同的方式點評，真的是因為作品沒有缺點嗎？

曾經聽過一句話：「我以為別人尊敬我是因為我很優秀，後來才明白，別人尊重我，是因為別人很優秀。」批評與建議，本質上雖然都是指出他人的缺點，但出發點卻有著很大的不同。批評是透過指責別人來展現自己的優秀或彰顯自己的地位，而建議則是希望透過自己的意見而使對方更好。同樣的一句話在不同的場合或用不同的語氣來表達，帶給人的感受和成效也是截然不同的結果。

當我們自以為是地給出對方建議的時候，是否曾換位思考，這些意見在對方心中可能只是一種無情的批評？當面對一株剛剛萌發的幼苗，就用冰冷的霜雪或強烈的火焰來澆熄它的熱情，無疑是一種強力的扼殺。

如果我是Ａ，作品在這麼多人的面前遭受如此不堪的評價，或許在很多年之內，我都不敢再舉辦任何的作品展；假設我在首次司茶的茶桌上被前輩公開連倒三杯茶，可能我也會自此失去在他人面前泡茶的勇氣。

優秀的人懂得尊重別人的感受，知道用什麼樣的方法來給他人建議，懂

得在指正別人的時候為人保留一點面子，並且真心希望對方可以成為更優秀的人。

「我說的都是真心話啊」

對於任何我們熟稔的領域，心裡的話當然可以說，也可以大聲地說。但是在真假、對錯之前，應該優先考慮的是這樣的話或舉動是否真的有助益？會不會太傷人？得到真理，失去感情，所有的一切都不值得。

媽媽做的菜肯定沒有餐廳的大廚煮得好吃；老公賺的錢絕對沒有大企業家那麼多；老婆當然沒有銀光幕前的女明星來得漂亮。但是將這些真實又正確的話說出來，對彼此或生活能有什麼實質的幫助？

或許可以一起做個有趣的小實驗，試著跟媽媽說說看，你會得到一句，「不好吃不要吃！」老公會回懟：「那麼行你去賺。」老婆會咆哮：

「你今晚別想進房睡！」然後你再跟他們說：「我說的都是真的呀！」沒有人會反駁這些不是事實，問題是，好好的日子不過，何必非得給自己找麻煩？一天到晚主動找人大聲說那些所謂的「真話」，是否能讓說者與聽者都皆大歡喜？**在人與人的交際之中，真正需要的並不是那些對誰都沒有好處的「真話」，而是適當的話，相同的一句話如何用別人比較能夠接受的方式來表達？**

說話的藝術

同樣是看展的經驗。在一次書法展裡，一位作者對前來看展的書法大師說：「老師，可不可以請您對我的作品提供一點寶貴的意見？」大師在作品前定睛看了片刻之後，又上前貼近作品用鼻子嗅聞了一下，然後伸手摸了摸作品的紙張。然後點頭說道：「好，好，好。紙好、墨佳、裱工精細。」身旁的人不由得豎起大拇指，不愧是大師，講評都如此精準。一旁的作者也因大師的稱讚而高興不已。

上車後，有人問大師：「老師，剛才那位作者的字真的有這麼好嗎？」大師微笑說道：「我剛剛說的是，紙好、墨佳、裱工精細，我可一點都沒有提到他的字呀！」這說話的藝術真正高招。

面對這個資訊量體巨大的世界，有時我們會無法吸收或消化龐大的訊息量，用簡單幽默又不失風度的方法給對方台階，既不浮誇也不傷人，才是對彼此都最好的溝通方式。

媽媽煮的菜雖然沒有餐廳的名廚好吃，但我總會真心對媽媽說：「這絕對是我一輩子都吃不膩的美味。」

齒輪

連日趕工，隨著每日練土的數量俱增，練土機出土的速度愈來愈慢，突然在一聲巨響之後罷工，停止了運轉。

打開齒輪箱查看，原來是對應的齒輪滑脫了，拿起六角扳手準備將齒輪校正復位，一不小心卻將螺絲滑落進了油槽。我拿來一小塊磁鐵，來回在油槽裡尋找螺絲，被磁鐵吸附起的除了那細小的螺絲，伴隨而來還有一些大小不一的鐵屑。

仔細檢查浸潤在油槽裡的齒輪，發現其中兩顆齒輪在運轉過程的偏移中相互磨損，才產生了這些鐵屑，理論上應該得到充分的潤滑，竟然還是產生了相互消磨的情形。索性用磁鐵將油槽裡的細屑整理一番，再將齒輪復位，扭緊螺絲的同時，看著這些齒輪的排列，雖然它們有著各自的位置，彼此間也有著充分的潤滑，但在同一個裝著潤滑油的齒輪箱裡，為什麼只有兩顆齒輪產生了磨損呢？又仔細看了一下齒輪的排列和組成，發現這兩顆磨損的齒輪是裝置在皮帶驅動的軸承上，所承受的壓力最大。雖然有著油槽的潤滑，但在高強度的壓力之下還是會造成些微的偏移，導致彼此的摩擦愈來愈大，最終在長時間壓力積累之下，產生了超乎自身抗力的摩擦而導致脫離，甚至兩相抵觸，形成油槽裡的鐵屑。

婚姻如齒輪

其實，人與人之間的關係，不也像這油槽裡的齒輪一樣？**彼此之間儘**

管再親密，一旦長時間承受著巨大的壓力，即使泡在油槽裡，也一樣會有各種大大小小的摩擦。

而在所有關係中最親密也最容易產生磨擦的，大概就是夫妻關係吧。戀愛時只要兩個人開心，就是世界上最美好的事，無需顧及他人的眼光或感受，彼此間的互動也充滿著甜蜜和對未來的美好憧憬。但往往和眼前的命定之人步入婚姻之後，就會發現「從此過著幸福快樂生活」這樣簡單而完美的結局，似乎只存在童話故事裡。這之中的轉變並不是因為不相愛了，是因為太累了。朝夕相處的現實生活中有太多的壓力，工作、經濟、家人、朋友，甚至是寵物或細微的生活習慣，都可能會是雙方壓力的來源，而這些所需面臨的問題都是婚前從未想像的，似乎在跨越了婚姻的圍籬之後，兩個人的世界從此就變得不一樣了。

婚姻需要磨合和經營，但就像兩個咬合不正的齒輪，不管是磨人或是被磨的那一方，都同樣感到痛苦與折磨。朝夕相處的彼此都期待被理解、被認同，但往往在生活的各種摩擦中，讓雙方都產生了一次比一次更巨大的壓力。爭執或冷戰就像是再不可承受的壓力，輾轉偏移了名為夫妻的齒輪，那些彼此消磨後的碎屑儘管看似微不足道，日積月累之下，終會在一次次的旋轉中反覆被揚起，而形成彼此之間更大的阻力。曾聽人說：「每一段婚姻都會有過上百次想要離婚，甚至是希望對方死掉的念頭。」就像《論語》也曾提過「愛之欲其生，惡之欲其死」，內心如此深切的矛盾。

我們或許都曾天真以為，「對方是愛我的，一定會為了我而改變」，但自己都改變不了自己，如何能夠期待改變另一個人？一位母親尚且無法改變從自己肚子裡生出的孩子，又怎麼會有超越上帝的能力，去改變從別人肚子裡生出的人？

最好的相處應該是給彼此空間，保持彼此的距離，舒緩彼此之間的壓力，而不是強拉對方靠近或強迫對方運轉在自己認為合適的軸心上。嘴巴上我們都說柔弱勝剛強，但內心期待的卻往往是那個柔弱的對方和剛強的自己。在人的身上，本質性的一切是很難改變的，就像那些在原生家庭中所養成的習慣與價值觀；而與生俱來的個性，除非自己願意改變，否則更是難以撼動。強硬地調整對方配合自己，無疑只是一再地破壞彼此的關係。

或許有人認為金錢是情感問題的良方，良好的經濟能有效地改善彼此的關係，但錢只能紓解生活中大部分的物質壓力，並無法解決根本的情感關係，而且將時間過分地用在金錢追求之下，反而容易造成彼此之間更大的疏離。在很多的離婚案例中可以發現，**真正讓兩個人走向分歧的結局，常常並非經濟的壓力或是情感的偏移，真正導致婚姻無法維繫的原因，是彼此生活的距離太近，而心的距離卻又卻太遠**。儘管彼此都曾經殷切希望將心拉近，但將兩人之間心距拉遠的原因，往往來自平時無法察覺的小事，也許只是說話的語氣、是長期不再分享彼此想法的差異，和看待事情眼界高低的差距。

「崇拜」另一半

曾聽朋友分享，她從父母身上學習到維持婚姻最重要的關鍵，只有兩個字「崇拜」。

一開始我並不理解朋友所說的意思，直到有一次，一對結婚多年的好朋友來到工作室，閒聊之間談起了彼此在爭吵後誰該讓步，在激動的爭辯及冷戰中如何平息自己的情緒。朋友的太太說：「其實我們也經常為了一些小事而爭吵，我常常會覺得這個人怎麼像個石頭一樣，不知變通且難以溝通。但是，我只要想到這個人的腦袋裡面不知道裝什麼東西，數學明明這麼難，他從大學開始就可以念到第一，教授還要推薦他到國外的大學去任教。一想到這一點，我就覺得真的是跟他有很大的差距。想想他這僵硬的腦袋還是有可取之處，氣也就消了。」原來，**所謂的崇**

拜並非像年輕人追星一樣盲目且善變，而是懂得欣賞彼此的優點並加以放大。

世界上不可能有兩個興趣或個性相同完美契合的人，哪怕是出自同一個家庭，彼此之間也一定有著許多的差異。每個人的立場不同、思維模式不同、觀點不同、成長背景不同。夫妻間是依伴關係而非主從關係，所以彼此地位也不應該存在著誰高誰低的問題；當然也就沒有誰該聽誰的意見不可，或非得依照誰的模式來生活。遇到愛爬山的老公，你要做的並不是因為自己不喜歡就叫他不要去，而是可以陪著他打包行李，並在他回家時聽他分享沿途的趣事或美麗的風景。有一個喜歡逛美術館的老婆，你要做的也不是抱怨美術館裡有多無趣，或許可以坐在美術館的咖啡廳裡滑手機，等她看累了，為她點上一杯她喜歡的飲料。或許慢慢地就會在彼此的尊重與退讓中調整出最合適的距離。

維持一段良好的關係，或許應該正視自己的內心，調整彼此的步伐和

距離才是最好的方法。最美的風景是夕陽下那雙攜手同行的背影，最好的祝福不是天下有情人終成眷屬，而是天下眷屬終成有情人。世上教人如何經營夫妻關係的文章，一如那些叫你如何發家致富或教育優秀孩子技巧的文章一樣多如牛毛。但如果無法靜下心來面對彼此，也不退讓出彼此合適的距離，閱讀再多的文章也只是一劑短暫安撫人心的安慰劑，其實沒有多大的助益。正如我的這一篇文章一樣，終究只是一劑久病卻也未能成良醫的牢騷偏方而已。

聰明鳥

工作的空檔接到了山上原住民朋友的電話，說現在正是葡萄的產季，邀請我們一家到他的果園採葡萄，於是帶著孩子驅車前往山上。半路上，又接到朋友的電話，因為臨時趕不及下山，於是交代當地的村長先帶我們到附近逛逛。

愛吃農藥的平地人

沿著蜿蜒的小路上山，眼前盡是優美的山景，約莫一個小時的車程便抵達了朋友所在的部落。在村長的帶領下，我們先到附近走走，孩子們也開心地在吊橋上跑來跑去，聽著村長訴說附近村子的歷史和這幾年的變化，原住民特有的幽默讓我們一路上笑聲不曾停歇。

繞了一大圈之後，村長說：「時間差不多了，再逛下去等一下熊就上班了。如果遇到理智清醒的熊還會知道要躲著人，萬一遇到喝醉的熊牠會熱情異常地衝上來擁抱我們，所以我們還是趕快去採葡萄吧。」村長生動的表情加上一連串風趣話語，又逗得大家笑個不停。

開著車子往山下駛去，一路上都是葡萄果園，幾乎每一株樹上都是纍纍的果實，雖然每一串葡萄都包覆著套袋，但從下垂的沉甸感，還是可以感受到每一顆果實的飽滿。

車子在一條小徑盡頭的斜坡上停了下來，村長說：「就是這裡了，這裡沒有熊，你們可以安心地採葡萄。」大家又是一陣歡快的笑聲。停好車，村長發給我們幾個籃子和幾把剪刀。「等一下你們要剪的是下面這一區的果樹，不是上面這一區的喔。」「是因為這一區不是朋友的嗎？」
我好奇地問。

村長搖搖頭，抽了一口手上的菸，向空中大大地吐了一口，燦爛笑著說：「不是，上面的這一區沒有農藥，你們平地人和我們原住民不一樣。平地人不是愛吃葡萄，是愛吃農藥，沒有灑農藥的你們根本都不買。我們這些葡萄是留著村子裡自己吃的。」

「有什麼不一樣嗎？」村長叼起菸，走進園子裡打開一串套袋，「你看，這葡萄比較小，而且稀稀疏疏的，比我的頭髮還少，怎麼有人會買？」說罷又走進另一個果園剪下一串葡萄，果然色澤黑亮，粒粒圓潤飽滿，表面還附著一層白白的果粉。「你看，是不是會想買這個？」我點了點頭。村長說：「所以啊，你們就是愛吃農藥嘛！」

「你知道嗎？很多時候不能只看外表，不相信的話，只要剪下那些被鳥吃過的葡萄就會知道，一定特別的甜。」我走進園子裡，剪下一串被鳥吃過的葡萄，被咬開的紙袋裡那串葡萄的顆粒大小差異較大，但果真每一顆都很甜。村長幽默地說：「大家買東西都習慣只看外表，所以山上的鳥都比人聰明多了。」

看著眼前的葡萄、感受著口中的甜蜜和香氣，想起前些日子朋友送的那些進口蘋果，每一顆都結實飽滿，色澤鮮豔，但也確實往往都是虛有其表。鳥兒在選擇葡萄時不光只看色澤，還會停下來聞聞香氣，然後決定從哪一串先吃。如此一想，和山上的鳥兒相比，有時還真是人不如鳥。

手作的價值

在我們的生活中有許多類似的事情。就陶藝的專業領域而言，曾有朋友提過幾個問題：「柴燒的東西要燒比較久，是不是就比較有收藏價值？」「手作的東西量比較少，所以比較珍貴嗎？」「這個老師很有名，所以買他的作品一定對。」

燒成時間的長短可以是參考的依據，但燒成的時間長只是時間成本較高，並不代表作品的好壞，隨便製作的器物，即使燒得再久也沒有意義。如果以花費的時間長短做為價值的唯一參考值，那麼一件耗費多時的手工編織衣物，是否不論品質好壞、成品美醜都能夠以高價販售？

手工生產的數量可以是購買的考量因素，但如果產量稀少是因為生產者的技藝不精，那麼產能的低下便也只是一個無聊的藉口。**手作的價值應該是來自於用手做出機器無可替代的作品，或體現作者獨特的美感與想法**。就如同那些我們常見的各種手工食品，如麵條、饅頭、包子、水餃等等，必須說，大部分的手工食品都要比機器生產的更美味且具有感情。但如果這些強調手工食物的滋味劣於機器生產的品質，我們是否還可以說它的食用價值一定勝於那些流水線上製作出來的食物呢？

此外，品牌與作者的知名與否，也常是消費者重要的參考條件之一。

知名度的高低可以靠炒作來提升。但當購買者優先考慮到作者或品牌的知名度時，有多大的比例是放在作品本身的好壞？或是更在乎它是否可以是身分的象徵，或足以拿出來在朋友之間炫耀的談資？

回顧我們在百貨公司的精品專櫃看見那些標著高價的瓷器或精品，有些名品隨著時間成為了經典，有些曾經紅極一時的寵兒則曇花一現，早已被遺忘。如果只是高價而沒有與之相應的品質，即使廣告做得再大，同樣很快便會被市場淘汰，因為如果品牌與品質不能劃上等號，那麼品牌知名度再大也沒有意義。

為了什麼而創作？

以上所談的這些條件，並不能單一評斷一件作品的好壞或價值，更值得我們關注的是，在這些作品的背後蘊藏了什麼樣的動機或因素？

偶爾會聽到有人說：「我們台灣人很不尊重專業。」但在批評或抱怨之前，或許我們應該先捫心自問，「我們是否尊重自己的專業？」

曾在朋友的推薦下，拜訪了一家所費不貲的知名日本料理店，店內裝潢氣派、師傅刀工精良、食材也都很頂級，但那天我卻吃到很一般的料理。整體的呈現並無新意，也感受不到餐廳特別的服務熱忱；相反的，在另一家年輕主廚所開的日本料理店，用的雖然是台灣在地食材，握壽司的功力也並非頂尖，但對於料理的呈現卻充滿自己的想法。兩者相較，我反而會比較欣賞或許表現得不盡完美，卻充滿熱情或心意滿滿的餐廳。

「心意」涵蓋著一切的表現，卻也超乎於一切的表現。家裡餐桌上那些媽媽所煮的菜，或許廚藝比不上餐館大廚，但媽媽的料理卻是世界上任何一家餐廳都無可取代的。因為在這些料理中有獨一無二的調味料，叫做「媽媽的愛」，就是因為這樣，才會在早期的台語歌中出現了「吃遍了山珍海味，也是阿娘煮的卡有滋味」這樣的歌詞。

當手上接過孩子親手繪製的卡片，雖然遠不如那些市面可見的卡片精美，但是其珍貴的程度甚至超越了美術館裡的館藏名畫，因為那些充滿拙趣的線條，勾勒的是孩子對父母的愛。

有時我也會反問自己，用情感來看待作品是否有所偏頗？但我並非要評價一件作品價格的高低，而是希望可以更看重那些不易為人覺察的「心意」。

不單只是人與人之間的感情，**作品的價格可以取決於一件作品是否精美及受人喜愛，而一件作品的價值，更是在於製作器物的人創作時所懷抱的心情。是「為人」還是「為己」？是「為名」還是「為利」？這其中的差異便決定了器物的氣質和高低。**

用心的感受

某次，在幫客戶打造器物的時候，遠道前來協助取貨的工作人員說：「我們一定會好好跟客戶介紹老師的經歷和作品。」但我覺得客人往往不太會在乎製作器物的人是誰，所以更重要的是，應該要讓客人知道這些器物是如何在一次次的現場溝通和調整之下完成的。我們大可坐在電腦前視訊討論、聽取彼此的意見就好，但就只是為了一個杯子的角度和大小，每次都專程前來偏遠的工作室討論，這才是應該讓客人知道的事情。

料理好不好吃？器物值不值得收藏？這些問題的答案絕對不是靠嘴巴問，而是用「心」感受。山上的小鳥如果只是被動並盲從跟隨人類叼食，那麼就永遠只能撿食別人吃剩的葡萄。因此要懂得學習用自己的感官來感受，才能正確地選擇大自然中的美好與甜蜜。

對於器物的選擇，當然也不能只憑耳朵聽或眼睛去看，**放慢腳步，將器物拿在手上用心感受這件作品背後不為人知的努力和心意**，才不至於讓自己成為村長口中那個比部落的鳥還笨的人。

手機傳來訊息：「永勝，讀著千秋陶坊臉書的文字，我和太太都流下眼淚，因為感到被理解、被支持，能夠透過訴說我們自己的過程而被療癒。至今我們還是好難理解，第一次見面的陌生人，竟願意默默傾聽。我們聽說過，一個人唯有先透過深刻的自我了解和認識，才能明白其他人和外在的世界，永勝你一定是對了解自己下過很多的工夫。只能說一切都是宇宙完美的安排。謝謝你們。」讀完這則訊息，內心感動不已。

不當國寶

P，是一個婚後才勇敢追夢的料理人，在妻子的支持之下遠赴法國學藝圓夢，回台後決定在台東池上開一家小小的餐館。但是因為對於細節的要求嚴格，他一直找不到喜歡的器皿，於是專程從高雄開車北上，希望我能為他的餐廳製作一批餐具。

在經過溝通，確定了要幫P做的器皿後，P鬆了好大一口氣：「喔，你知道我從高雄開車上來的這一路有多緊張嗎？我們只是一家小小的餐館，不像你的其他客戶一樣都是米其林餐廳或是大企業。我一路都在想，萬一你拒絕了，我該如何說服你，或是該如何平息自己失落的心情。內心的小劇場一幕幕上演，沒想到你真的願意花時間來幫我們這樣的小餐館打造器皿。」

名利之外的追求

其實，餐廳的規模從來不會是我考慮接單與否的因素。也曾有連鎖的企業請我為他們製作大量的器皿，但因為客戶的需求更適合量化的工廠生產模式，實在不需要花更多的預算以手作呈現，且跟我想表現的形式差異過大而婉拒了合作。朋友知道後笑著說我真傻：「反正有錢賺，客戶要什麼你幫他做就是了呀！」

做陶的初期，我也曾有過這樣的想法，所以幾乎是有人找我合作都會開心地接下訂單。但是隨著年紀愈來愈長、手邊的工作愈來愈多，我開始省思，做陶本來就不只是為了賺錢，而且靠做陶也不可能賺大錢；如果只想要賺錢，按照我這麼愛講話的個性，做個業務員應該都比做陶賺得多。既然選擇了做陶這一條路，那麼利益就不應該是唯一的考量，有這樣的想法並不代表自己淡泊名利或者有多清高。而是更加深刻地思考，**只為了追逐金錢的工作有沒有意義？人的體力和生命有限，浪費在沒有意義的事情上實在可惜。一想到自己花費時間和生命製作的器物，如果不能滿足客戶的需求或最後被束之高閣，就會覺得這樣的工作內容是**

非常沒有意義的。

自工作室成立這麼多年來，在談合作過程中，我首先關心的一定是有多少時間可以製作，再者是我們的器皿是否能夠滿足客戶的需求，然後才會是能否在預算內幫客戶完成；接下來為客戶打樣和二次確認，才會進到最後的正式生產流程。而在打樣的過程中，無論能不能實現，都會請客戶事先提出他們想要的所有條件和需求，盡力滿足客戶的需要來製作樣品。哪怕最後的結果不是讓雙方都能滿意的，也覺得自己又多了一次了解客戶在器皿上需求的學習，和嘗試新器型的機會。

一個器物的手作職人，對自己想要追求的東西和達成的效果，也應該好好思考和選擇。哪些是對自己有意義但沒影響，而又有哪些是對別人有影響但對自己沒有意義？

曾聽過一個故事，清朝時期，乾隆皇帝下江南時，在鎮江金山寺見長江上往來的船隻，便問高僧法磐：「長江之中大船來來往往，一天到底要過多少船？」法磐禪師答道：「只有兩艘船，一艘為名，一艘為利。」名與利，是世間人所皆求，但名利之外有沒有更值得追求的東西？

職人匠師的初心

在日本，「人間國寶」的認證是政府對於保存及弘揚無形文化財的主要方法之一，也是政府對傳統藝術守護者給予最崇高的名銜。一旦獲得人間國寶的稱號，便可獲得一定金額的補助，更意味著登上工藝或某項藝術殿堂的高峰；隨之而來的便是更多的利益與吹捧，作品的價格也會隨著社會地位的提升而跟著快速地水漲船高。因此這樣的名號和殊榮，便成了許多人終其一生所求的目標。但即使知道這樣的榮譽能讓人名利雙收，還是有人拒絕接受這樣的稱號。例如民藝運動的先驅，同時也是知名陶藝家河井寬次郎。他不僅推辭了人間國寶的稱號，也婉拒了政府授予的文化勳章。

縱觀河井寬次郎的一生，他所做的一切絕對不是為了逐名求利。

某次在ＮＨＫ的節目上看到專家討論，以河井大師對工藝的執著和努力，自然希望收藏作品的人都是因為真正喜愛他的作品，而不僅是為了他的名氣而來；倘若接受了人間國寶的名銜和榮譽之後，來訪的客人必定絡繹不絕，相對的，活動及採訪和邀約也會隨之俱增。而直接受到影響的便是他的創作時間將會銳減，那麼市場上的價格也一定會被哄抬；其中最大受益的便會是那些商人，遭受損害的則是那些長期支持並喜愛工藝的人。因為如此一來，支持者們就會更難甚至是買不到他的作品，而這絕對不是一個熱愛工藝及致力推廣民藝運動的藝術家所樂見的。

在功成名就之時，往往所有人看到的都是收穫，卻鮮少有人注意到這當中失去了什麼。縱然名銜和地位可以換來更多普世價值所認定的美好，那些名望、眾人的追捧及羨慕的眼光，甚或在社會上的影響力。但這些難道是一個所謂的職人或是匠師在選擇創作這條路時所追求的一切嗎？

倘若如此，那麼所謂的「初心」便不再純粹。

這並不是說當一個人的貢獻或成就達到了一定的高度，都該謝絕、推辭外界所給予的尊重或地位，如此的論調又太過虛偽；而是這些東西不該成為一個手藝人眼中唯一值得追求的目標。

就像讀書不應該只是為了學歷，而是獲得更高深的知識與明白做人的道理；學佛不應該只是為了成佛，而是能用更慈悲柔軟的心面對世間的眾生和種種的苦難；工作不該只是為了賺錢，而是為了實現自己的理想或追求某些心中的核心價值。

器物的氣質反映出心的軌跡

一件帶著功利心所製作的器物，多半很難有「氣質」，反而散發著一股「錢味」；一個只算計自己與他人之間利益的人便無真誠可言。那些受人敬重或懷念的大師們，也絕對不會是一個名利的追求者。

在幾次的活動中，很多參與的民眾看到一塊陶土在我們手中快速成型，便在一旁開始按起計算機：這個器皿如果一個賣多少錢，一小時能做多少個，那麼一天下來就可以賺多少錢。通常面對這樣的民眾，我常常是笑著回答：「是啊，所以做陶真的很好賺，歡迎大家一起來加入做陶的行列。」

但我內心所想的卻是，**當帶著拉一個坏賺五百元的心態來做作品時，其實最高的價格也只能是五百，但是它的「價值」卻連五百都不到。**

回想起P說的那一段話，再想想河井寬次郎大師在面對名利之前所展現的灑脫。時刻提醒著自己，不要忘記當初做陶時的初衷。一如《莊子・大宗師》裡面所提到的：「不忘其所始，不求其所終；受而喜之，忘而復之。是之謂不以心捐道，不以人助天，是之謂真人。」我這樣期勉著自己。

在經過漫長的努力和累積之後，從燒窯到出窯是一種既期待又怕受傷害的過程。剛開始的那段時間，對於窯裡那些燒壞的作品，往往心情很難平復，且久久不能釋懷。看著那些黏在棚板上的作品，或是那些釉色令人滿意、卻在出窯後出現釉裂的作品，總是會讓心情低落上一段時間。但在一次次的失敗中漸漸體會，低迷的情緒改變不了事實，對創作也沒有助益。

方舟濟河

有一次，因為測溫棒故障，燒窯的過程中只能完全憑藉感覺做調整。出窯時發現，在高溫還原燒成的過程中，操作瓦斯與空氣的比例和時機有了些許誤差，造成一部分作品都燻上了一層黑煙。原本該是溫潤如玉的釉面，卻像被局部潑灑了墨汁般漆黑一片。出窯的時候，我只是心情平靜地將作品分成兩邊擺放。朋友看到後說：「為什麼你都不會覺得心情不好呀？」「在這次沒有任何參考值的燒製過程中，卡上黑煙本來就是可以預期的事，而且這窯的客戶也沒那麼急，我重新再做也還來得及。」朋友又拿起那個被燻黑的作品說：「可是如果測溫棒沒有壞掉的話，或許就能交出去了呀。」朋友說的沒錯，但是世界上並沒有那麼多的「如果」，作品壞了就是壞了，讓低迷的心情一直延續也於事無補。

當遇上了不遂心願的情況，真正影響我們心情的，到底是事件的本身，或是自身情緒的失衡？

一件自己喜歡的作品被人不小心打破了，一定會打從心裡產生負面的情緒，甚至因為無法壓抑怒氣而出言怒吼；但如果是因為地震而打破了，卻只會小心地拾起碎片，然後因為惋惜而輕嘆一口氣。一件心愛的衣物被雨天飛馳而過的汽車所濺起的水花弄髒了，也必定會不依不饒地破口大罵；但如果是因為自己走路不慎摔倒在水窪裡，就只會覺得自己怎麼這麼不小心。愛車的玻璃窗被一個調皮的孩子用石頭砸破了，一定要找對方的家長理論；但如果是被強風吹落的樹枝打破了，也只會摸摸鼻子自認倒楣。同樣的事件發生，卻讓我們的大腦有著截然不同的反應。

迎面而來的是空舟或是人船？

就像《莊子．山木》當中提到的「方舟濟河」，一艘小船行駛於江河之上，被上游漂來一艘無人的空船撞上了，即使是脾氣不好的人也不會生氣。但是當船上有人的時候，還沒等船靠近，便會對著船一再大聲喊叫，等船撞上了，即使性格再好的人也會發脾氣。同樣是船受到碰撞，生氣與否的差別其實就在於船上有沒有人。

與沒有人的船發生碰撞是無可避免的傷害，是命中注定沒法改變的因素，而有人的船則會期待對方可以改變卻依然無法避免碰撞。**因此真正讓人生氣的並非事件本身，而是讓事件產生非我們所期待結果的「人」**。如果無法意識到這一個點，生活就會不斷被許多小事或挫折圍繞，而無法脫離低迷的情緒。最常見的就是在路上或新聞中不時發生的行車糾紛，往往只是因為一個小小的擦撞甚或是一個被認為挑釁的眼神，便足以將一個小小的事件硬是鬧上社會版面。這些路上行走的車，一如莊子筆下的船，每一部車就是一艘船，而每一個人其實都是一艘在世上行走的船，掌舵的是我們的大腦，因著環境或狀況而有著各種情緒性的判斷與作為。

我們還會為了生活中的小事而生氣，並不是因為別人讓我們生氣，而是因為我們的內心不夠強大。一個內心強大的人，就不會被其他的人所影響。我們的大腦中有太多的「理所當然」，一旦事情的發展或結果不如預期，就會開始感到憤怒或絕望。一位師父也說：「人就是人，是人就會有人的問題。」不只是別人的問題，也是我們自己的問題。

入流亡所

在朋友的茶室中看到一幅字，泛黃的掛軸上寫著「入流亡所」四個字。朋友說這四個字出自《楞嚴經》，是一位出家師父的贈字。

有一次朋友跟老婆吵架，工作上的壓力加上老婆不斷碎唸，心情差到了極點，所以開車上山找師父開釋。師父聽完朋友的來意，便對朋友說：「從物理上來說，所有的聲音都是一種音波，為什麼你聽一整個早上的鳥叫聲不會心煩，聽一整個下午的浪潮拍岸也不會生氣，反而覺得心情很放鬆？同樣是音波為什麼會有截然不同的感受？那是因為你聽懂了，你接受了，你讓這些聲音在你的大腦裡停留了。」

於是師父提筆寫下這四個字相贈，希望朋友回家好好參習，並解釋到：「**入流亡所，是用你的耳朵去聽你所能聽到的聲音，但不讓那些聲音在你的腦中停留或起作用。逐漸沉澱和深入之後，就不再有那些你所聽聞的一切，當然也就沒有那個能夠聽到聲音的『我』。如此一來還有什麼聲音能夠影響你的心情呢？**」

朋友接著說：「你知道嗎？自從師父送了我這幅字，我的心情好像變好了，也不太會受到外界聲音的干擾。你看，剛剛你來的時候我老婆還是不斷碎唸，我都當做是鳥叫聲、是海浪的聲音，甚至不覺得有那個會生氣的我存在，當然也就不再為這樣的小事生氣了，畢竟我也是有在學習和成長的人。」

看著眼前朋友在老婆的一番強烈言語攻勢之後，依然能夠淡然自若地舉壺泡茶，感覺他著實改變不少。不再像以前一樣，一言不合就立刻高聲反駁，爭得臉紅脖子粗。

正當我為朋友的改變而感到讚賞的時候，朋友說：「喝完這泡茶，我們換個地方到工作室去喝茶，我媽和我妹今天回國，她們快到家了。等一下我媽看到我免不了又是一段長長的嘮叨……」說完急忙端起手中的茶杯一飲而盡，不等我喝完手上的茶，便起身要去拿工作室的鑰匙。我轉頭再次看了一下牆上的那張掛軸，心想，原來「入流亡所」只對老婆有效。看來還得請師父針對各種狀況多寫幾張才行。

心中再次響起師父的那句「是人就會有人的問題」，所以我們才需要修行，努力找到一個可以安住自己的方法。

仔細想想，在我們的生活中有太多磨練與問題需要思考與學習。小到在愛護生命的同時，要不要將範圍擴張到那隻凌空亂舞的小強身上？大到在伴侶發飆的時候，我們應該如何穩若泰山地安然自處。

每個人所處的環境不同，遭遇和壓力也不同。因此，每個人學習和應對的方法也不盡相同。沒有哪一個人的建議和方法都能正確、有效地化解我們生命中的各種難題。就如同中醫把脈一樣，即使面對相同的病症，在不同病人的身上也不會有全然相同的有效藥方。

緩慢的修行

「急事緩辦，事緩則圓」，向來是亙古不變的真諦。放慢自己的腳步去感受生活中最簡單的美好：一碗初春方焙的好茶，窗邊一朵盛開的花，一段光影的變化，燠熱難耐的盛夏吹拂在臉上的那股涼風……用這樣的美好來善待忙碌無暇的心，降低自己對外在刺激的反應，面對令自己感到煩躁憤怒的相同事件，也能有截然相反的心境，以處理眼前的棘手問題。真的不行，就一起來請師父為我們寫上一百張掛軸，掛在每一個我們目所能及的地方。

一朵花，在該開花的時候就會開花，該謝的時候會謝，它並不會問今天的天氣好不好，或看花的人喜不喜歡，再來決定要不要開花。做自己該做的事情，不讓外在的環境影響我們創作的心情。**一朵花順應著天道而運行，我們也該按照自己生命中的軌跡緩慢前進。**

人生本就是一場修行，而每個生活或工作的場域就是自己修行的道場。

走進一家印度料理店，店員嘴巴上有著熱情招呼的語調，步伐和眼神中卻透露著一股疲憊和冷淡的樣態。一旁的朋友說：「欸，你有沒有覺得那個店員的背影有一股『厭世感』？」聽到朋友的話，我轉頭看了一下店員的背影，的確散發著一股強烈的陰霾，那種口熱心冷的強烈對比讓我們忍不住相視而笑。

用餐的過程忍不住一直思考著，是什麼樣的原因會讓人在一份工作之中逐漸失去活力和熱情呢？

井蛙知天

經常也有朋友問我：「這麼多年一直重複著相同的工作，會不會覺得無聊？」「這份工作你打算做到幾歲退休？」對我來說，**做陶是一件非常有趣的事情，這些日復一日看似重複單調的工作內容，隨著每次合作交流、每件作品完成，都能帶給我不同的發現與驚喜。**

在選擇一份工作做為自己的職業的時候，每一個人最初應該都是懷抱著熱情進入職場的；為什麼有些人終其一生都能樂在其中，有些人只是經過一段時間便感到興趣缺缺？**支持著繼續堅持，或消磨掉這份熱情的到底又是什麼呢？**

決定放棄陶藝教學

工作室成立之初，兼職陶藝課教學是我最大的經濟來源，也稱得上是唯一還算穩定的收入。懷抱著對傳承南投陶的熱情和生活的壓力，無論是國小、鄉市公所或是社區大學，對於邀請我去上課的單位，我幾乎是來者不拒，也曾度過一段從早上第一節課上到晚上九點的滿堂時光。

多年下來一直覺得自己教學的熱情絲毫不曾減退，學校也對我的教學成果甚是滿意。直到有一次學期末因為學校校慶和其他活動的原因，必須同時有兩個班級一起上課，於是我只好請一名助教支援協助上課。

在自己的班級講解完之後，不放心地走到隔壁班去看看上課的情形。當我走進教室的時候，看見助教在教室裡沿著走道仔細觀察每個孩子的進度，並細心給予個別的指導，或調整他們手上的作品。那一刻我突然發現，我已經好久沒有這樣上課了。或許是因為覺得眼前都是教了這麼多年的孩子，他們在上課的技巧上也有了一定的掌握，不知不覺間，課堂中我變成只在一開始時示範當天作品的製作流程，發下材料之後，就讓孩子們各自操作。雖然過程當中，我還是會到處走動看看他們的進度，但是卻已經記不起是從什麼時候開始，不再仔細、逐一地看著孩子們的操作了。

回到自己的教室後，看著孩子們認真投入的樣子，我驚覺自己對教學的熱情似乎減退了很多。或許是因為在同樣的環境太久、接課太多，多到我沒有時間好好思考當初的自己為什麼選擇了做陶這一份工作。

於是下課後，我到校長室向校長表達了下學期不再續教，並轉介其他老師來上課的意願。校長驚訝地詢問我不再續教的原因，我的回答是：「因為工作太忙，實在是安排不出時間來上課。」但實則是因為我覺得當初成立工作室並不只是為了在學校教學。而且如此反覆、穩定的課程，已漸漸地消磨了我的熱情和鬥志。

井蛙的求知欲望

學期結束之後，在思考著怎麼踏出下一步的期間，走訪了幾個同樣從事工藝創作的朋友。發現大家雖然都很辛苦地經營著工作室，但還是利用空檔努力進修釉藥，或其他相關的課程，幾年下來，作品也都有著明顯的進步。反觀自己，雖然相較之下有一份還算穩定的收入，但因為處於消耗的狀態而沒有繼續補充能量，自己的作品並沒有太大的變化。沉澱了幾天之後，剛好有朋友邀約學習茶藝，便和朋友一起開始了茶藝課程的學習，也在學習的過程中，開始為自己找到一條創作的路徑和重新學習的動力。

一顆再強力的電池，如果只是一直放電而不充電，很快就會變成一顆廢電池而被淘汰；一潭再清澈的湖水，如果沒有水源加入，也會變成一潭骯髒沒有生氣的死水。這樣的道理人人都懂，但是要覺察到自己的不足，或需要再積蓄能量則不是一件容易的事。因為，人總是容易安於現狀並習慣安處於自己的舒適圈。如此便會大大降低了自我覺察的能力。

在京都的河井寬次郎紀念館中看到幾幅令我印象深刻的書法作品，其中一幅是用漢字書寫的「井蛙知天」，我站在這四個大字前靜靜看了許久。

這幾個字源於《莊子·秋水》，文中提到的「出跳梁乎井幹之上」，說明這隻青蛙並非跳不出水井，而是沒有見識到大海有多大，所以才敢在大鱉的面前大放厥詞。一隻未曾離開水井的青蛙，當牠悠哉地坐在井幹之上，從井上俯視著那群小蝦、螃蟹和蝌蚪的時候，覺得自己高高在上、目光遠大，而牠所說的一切在遊歷東海的大鱉眼中根本完全不值一提。

人的能力有限，大多時候只能在有限的範圍中活動，未曾思考如何脫離身處的藩籬，或需要脫離現處的藩籬。**我們可以是活在井底的一隻青蛙，但絕不能失去向外探索世界的欲望，「井蛙知天」還不夠，還需「知海」才行。**

不管身處什麼樣的環境，提升自己眼界和維持工作熱情，最好的方法就是實際走出去，帶著自己好好地去看看外面的世界。不斷處在相同的環境之中，人的感官就會開始麻痺，對於周遭事物的感知能力也會下降，孔子有言：「與善人居，如入芝蘭之室，久而不聞其香，即與之化矣；與不善人居，如入鮑魚之肆，久而不聞其臭。」一旦對周遭的感知下降，伴隨而來的就是開始覺得無趣，對於無趣的事物當然也就無法保有熱情。如果每天重複相同的步驟，處理相同的事情，任誰也無法保持與最初相同的心境。

停下但不停滯

關於朋友們的問題，做陶對我來說，雖然看起來單調、重複，但其實每天的工作內容都不盡相同。因為我的工作不僅止於在工作檯塑土修坏，或在窯前守著成品出窯。偶爾和朋友喝茶交流彼此的心得，聽聽來訪客人不同的人生故事，走到院子裡看看四季不同的花草、品飲不同季節的好茶，讓自己真正活在有豐富變化的人文和季節裡。不要像個機器人一樣重複著相同的事情，整日埋首在無趣的各種數據與報表之中。

除此之外，每年也為自己安排幾次學習之旅，看看其他人是如何面對工作上的困境。而出走，也並非一定遠行。偶爾停下來看看自己，看看馬路上匆忙來往的行人，抬頭看看那天空掠過的浮雲。**用心感受一下自己身處的環境，就能慢慢從「知己」、「知天」再到「知海」。讓自己不僅是「知天之蛙」，更是一隻快樂的「知海之蛙」**。

至於何時退休這個問題，工作是我生活的一部分，而「生活」並無退休可言，我想答案會是「直至生命的終點」吧。

七號錐倒了

看世界的方法 233

一個百年窯火守護者的孤獨修行與溫情

作者——林永勝
內頁攝影——林永勝、吳佳璘（4-5,10-11,15上）

責任編輯——施彥如
美術設計——吳佳璘

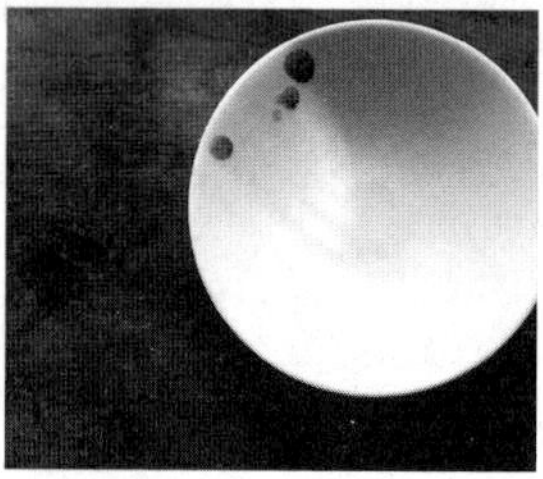

董事長——林明燕
副董事長——林良珀
藝術總監——黃寶萍

社長——許悔之
總編輯——林煜幃
副總編輯——施彥如
美術主編——吳佳璘
主編——魏于婷
行政助理——陳芃妤

策略顧問——黃惠美・郭旭原
郭思敏・郭孟君
顧問——施昇輝・林志隆
張佳雯・謝恩仁
法律顧問——國際通商法律事務所
邵瓊慧律師

出版——有鹿文化事業有限公司｜台北市大安區信義路三段106號10樓之4
T. 02-2700-8388｜F. 02-2700-8178｜www.uniqueroute.com
M. service@uniqueroute.com

製版印刷——沐春行銷創意有限公司

總經銷——紅螞蟻圖書有限公司｜台北市內湖區舊宗路二段121巷19號
T. 02-2795-3656｜F. 02-2795-4100｜www.e-redant.com

ISBN——978-626-7262-19-1
初版——2023年6月
定價——400元

七號錐倒了：一個百年窯火守護者的孤獨修行與溫情 / 林永勝・著 —初版・
— 臺北市：有鹿文化 2023.6・面；（看世界的方法；233）
ISBN 978-626-7262-19-1　　863.55……………………112006040